W0374763

Asmoduin
Nervensäge in Not

Jens Schumacher ist seit Ende der Neunzigerjahre als freier Autor von Kinder- und Erwachsenenstoffen tätig. Bis heute hat er über 60 Buchtitel in unterschiedlichen Genres verfasst, darunter Fantasyromane, Krimis, interaktive Spiel- und Sachbücher sowie Jugendserien. Seine Werke wurden in über ein Dutzend internationale Sprachen übersetzt. Mehr Informationen unter:
www.jensschumacher.eu

Helge Vogt arbeitet als Illustrator und Comiczeichner für zahlreiche Verlage, z. B. Disney, Le Lombard, Carlsen und Ueberreuter. Er hat unter anderem die Cover der »Percy Jackson«-Reihe illustriert. Er lebt in Berlin.
www.trickwelt.com

Jens Schumacher

ASMODUIN

Nervensäge in Not

ueberreuter

Bereits erschienen:
Asmoduin – Nervensäge aus der Hölle
Asmoduin – Die Nervensäge kehrt zurück

1. Auflage 2015
© Ueberreuter Verlag GmbH, Berlin 2015
ISBN 978-3-7641-5050-1

Alle Rechte vorbehalten. Das Werk darf – auch teilweise – nur mit Genehmigung des Verlages wiedergegeben werden.
Übereinstimmungen und Ähnlichkeiten mit lebenden Personen oder Familien sind rein zufällig und nicht beabsichtigt.

Umschlagillustration und Daumenkino: Helge Vogt, TRICKWELT.COMics
Umschlaggestaltung: Dirk Schulz, animagic
Druck und Bindung: Print Consult, München
Gedruckt auf Papier aus geprüfter nachhaltiger Forstwirtschaft.

www.ueberreuter.de

»Die klimatischen Bedingungen in der Hölle
sind sicherlich unerfreulich,
aber die Gesellschaft dort wäre von Interesse.«

– Oscar Wilde –

KAPITEL 1
in dem sich der Ferienbeginn trotz sorgfältiger Vorplanung anders gestaltet als erwartet

Sommerferien.

Ein Wort mit einem wundervollen Klang! Zumindest in den Ohren jedes gesunden Vierzehnjährigen. Ein Wort, gegen dessen göttliche Melodie jede Mozart-Symphonie gnadenlos abstinkt … Okay, vielleicht kein *so* gelungener Vergleich, da die Dinger eigentlich alle ziemlich öde klingen. Ein Wort jedenfalls, das jenen glorreichen Moment des Jahres markiert, dem man als Schüler monatelang verzweifelt entgegengefiebert und von dem man schon befürchtet hat, er würde gar nicht mehr kommen.

Sommerferien.

Rücklings ließ ich mich auf mein mit haufenweise Comics und Schokoriegeln präpariertes Bett plumpsen. Die letzte Unterrichtsstunde lag hinter mir, sechs Wochen wohlverdientes, idyllisches Nichtstun vor mir.

Natürlich würde ich nicht einfach *gar nichts* tun. Ich war schließlich kein Hundehaufen. In weiser Voraussicht hatte ich ein professionelles Rundum-Erholungsprogramm ausgetüftelt und es über Wochen hinweg, während dröger Geschichts- und Deutschstunden, nach bester Superhirn-Manier perfektioniert. Alle notwendigen Komponenten waren vorbereitet.

Ein Dutzend brandaktuelle, noch nie gespielte Xbox-Spiele, aus-

geliehen mit Stammkundenrabatt in der Videothek um die Ecke: *check!*

Ein kniehoher Stapel Comics, liebevoll sortiert nach den darin agierenden Helden – Spiderman, Hulk, Batman, die Fantastischen Vier –, taschengeldschonend zusammengetragen auf verschiedenen Trödelmärkten sowie im lokalen Comicladen: *check!*

Ein Weltuntergangsvorrat Erdnuss-Schokoriegel, Nussnugat-Brotaufstrich und extrascharfe Chili-Kartoffelchips, bezahlt mit der Kohle, die mir Mom vor ihrer Abreise dagelassen hatte (verbunden mit dem gut gemeinten Ratschlag, ich solle »auf eine ausgewogene Ernährung achten«): *check!*

Was uns auf direktem Weg zum wichtigsten und vielleicht brillantesten Teil meines mehrstufigen Hyper-Erholungsplans führt: Moms Urlaub.

Seit der Trennung von Dad arbeitete sich meine Mutter im Altenpflegeheim im wahrsten Sinne den Ihr-wisst-schon-was ab, um uns beide durchzufüttern. Sie hatte eine Auszeit schon lange bitter nötig, das sah man ihr deutlich an. Erst kürzlich hatte ich ein graues Haar in ihrer praktischen, dafür wenig attraktiven Kurzhaarfrisur entdeckt. Wegen der unzähligen Doppelschichten, die sie schob, schlief sie viel zu wenig. Das wiederum machte sie reizbar und mürrisch, wenn sie ausnahmsweise mal zu Hause war. Keine guten Voraussetzungen, um die Sommerferien mit ihr zu verbringen.

Die *Sommerferien!*

Gewitzt, wie ich war, hatte ich mir schon eine Weile vor Ferienbeginn angewöhnt, morgens beim Frühstück die Last-Minute-Reiseangebote aus der Tageszeitung laut vorzulesen. Dank dieser Dauerberieselung war es mir vergangene Woche gelungen, Mom davon zu überzeugen, dass ein einwöchiger Mallorca-Aufenthalt genau das war, was sie brauchte. Mom hielt zunächst dagegen, zwei Flugtickets gäbe unsere knappe Haushaltskasse nicht her. Doch damit hatte Superhirn Zarkoff gerechnet. Ich spielte eine sorgfältig vorbereitete Trumpfkarte aus: die Bescheidenheitsmasche. Mit einer Selbstlosigkeit, die selbst Captain America neidisch gemacht hätte, erklärte ich mich bereit, alleine zu Hause zu bleiben und auf die Wohnung aufzupassen. Ich betonte, wie wichtig es sei, dass sie endlich mal ein paar Tage aus allem rauskomme – weg von zu Hause, weg von den quengeligen alten Säcken im Heim und … weg von mir! (Letzteres sagte ich natürlich nicht laut.)

Mit beachtlichem schauspielerischem Talent machte ich ihr klar, dass man mich mit vierzehn (fast fünfzehn) unbesorgt eine Woche allein lassen konnte. Zwei weitere Tage später sowie zehntausend kuhäugige Versicherungen meinerseits, dass ich *ganz bestimmt* jeden zweiten Tag bei Oma Bessie vorbeischauen und mich *sofort* über Handy melden würde, falls irgendetwas wäre, hatte Mom schließlich gebucht.

Eine Woche sturmfreie Bude: *check!*

Mit einem Seufzer versank ich in duftig weichem Bettzeug. Ich hatte es geschafft!

Um der Wahrheit die Ehre zu geben: Mom war nicht die Einzige, die sich eine Auszeit redlich verdient hatte. Falls ihr nämlich glaubt, *ihr* wärt am Ende der grässlichen Durststrecke zwischen Oster- und Sommerferien so richtig fertig, dann lasst euch gesagt sein: Es geht noch fertiger.

Vor allem, wenn ihr Robert »Bob« Zarkoff heißt!

Ich will mich nicht beschweren, denkt nicht so was. Aber gerade die Zeit, wenn es draußen wärmer wird und Sportlehrer landauf, landab auf die absurde Idee kommen, ihre Schutzbefohlenen fänden es super, in der prallen Sonne immer wieder im Kreis über einen rotstaubigen Schulsportplatz zu traben, ist für Schüler wie mich nicht so leicht zu bewältigen. Um es diplomatisch auszudrücken, bringe ich in Sportklamotten nämlich ungefähr so viel auf die Waage wie ein ausgewachsener Bergsteiger mitsamt Reisegepäck vor der Besteigung des Kilimandscharo. Vielleicht auch ein bisschen mehr. Das wiederum hat zur Folge, dass ich ab dem Beginn der Open-Air-Saison aus jeder zweiten Sportstunde mit einem mittelschweren Kreislaufkollaps hervorgehe. Und an den Tagen, wo das ausnahmsweise mal nicht der Fall ist, gibt mir die anschließende Duscherei in der Jungenumkleide mühelos den Rest.

Besonders Oleg »Faust« Brimsky, ein Mitschüler, der seinen Spitznamen dem von ihm mit Vorliebe auf dem Pausenhof eingesetzten Diskussionsmittel verdankt, hatte es sich in den vergangenen Wochen zur Aufgabe gemacht, »das vieräugige Nilpferd« (ersteres eine Anspielung auf meine Brille, letzteres auf meinen Bauchumfang) bis zum Ferienbeginn so richtig weichzuklopfen. Gott sei Dank prallen solche unqualifizierten Beleidigungen an mir ab wie Karatetritte an der Brust des Unglaublichen Hulk.

Unglücklicherweise beschränkte sich Faust in dieser Saison nicht auf sein übliches Programm, das daraus bestand, mir unter der Dusche nasse Handtücher aufs Hinterteil schnalzen zu lassen (schmerzhafter, als es klingt) oder meine im Spind liegenden Straßenklamotten mit Isodrinks zu tränken (klebriger, als es sich anhört). Nein, auch in den restlichen Fächern sorgte er mit unschöner Regelmäßigkeit für Situationen, in denen ich mir inständig wünschte, ich wäre gerade ganz woanders.

Besonders unangenehm war es in Mathe, einem Fach, in dem ich aus Gründen, die mir selbst nicht richtig klar sind, seit meiner Einschulung besser Bescheid weiß als meine Lehrer. Damit ich nicht wie ein hoffnungsloser Streber dastehe, darf ich darauf hinweisen, dass ich in Mathe genauso wenig einen Finger krumm mache wie in anderen Fächern. Trotzdem weiß ich grundsätzlich, wie eine arithmetische Formel aufzudröseln ist oder welche geometrische Funktion zum Errechnen eines vertrackten Flächeninhalts angewendet werden muss. So war es schon immer – ich kann wirklich nichts dafür!

Faust, seines Zeichens mit Abstand Klassenschlechtester in Mathe, sah das natürlich ein wenig anders. Er nutzte jeden sich bietenden Anlass, mir vor Augen zu führen, dass er seinen Spitznamen auch wirklich zu Recht trug. »Wie? Du bist in der Hausaufgabenüberprüfung *sechs* Noten besser als ich, Hippo? Ich fürchte, das muss mit mindestens ebenso vielen kurzen Geraden in die Fressleiste geahndet werden!« oder »*Fünf* Noten besser als ich in der Mathearbeit? In der Pause mach ich dich ka-pu-hutt!« waren Formulierungen, die ich in den letzten Wochen noch öfter zu hören bekommen hatte als sonst.

Doch all das hatte jetzt ein Ende. Zumindest für die nächsten sechs Wochen. Und sofern ich nicht das Pech hatte, Faust beim Einkaufen im Supermarkt zu begegnen … Ein Glück, dass ich nicht

nachtragend bin. Okay, ich *hasse* Faust und male mir vor dem Einschlafen gerne aus, wie er bis in alle Ewigkeit in den Abgründen der Hölle schmort – einem Ort, über den ich seit einigen Monaten ein bisschen besser Bescheid weiß als der Rest der Menschheit. Aber wie gesagt, ich bin nicht nachtragend.

Wohlig verschränkte ich die Hände hinter dem Kopf und ließ mich tiefer zwischen Kissen und Schokoriegel sinken. Sechs Wochen süßes Faulenzen! Sechs Wochen ohne Anstrengungen, ohne Blamagen, ohne unverschämte Beleidigungen …

»Pestbeule und Pogestank!«, ertönte in diesem Moment eine krächzende Stimme aus Richtung meines Schreibtischs. »Ich muss schon sagen, *diesmal* hast du dir zur Abwechslung echt Mühe gegeben, mir einen würdigen Empfang zu bereiten, Schwabbel.«

Ich schrak nicht zusammen.

Ich fuhr nicht vom Bett hoch.

Ich öffnete nicht einmal die Augen.

»Asmoduin?«, sagte ich langsam, während ich mir den Kopf zermarterte, was ich verbrochen hatte, um vom Schicksal derart gestraft zu werden.

»Überaus korrekt, mein speckschwartiger Freund. Und jetzt rutsch beiseite, damit der Urururenkel Shaitans III. sich das opulente Buffet, das man ihm zu Ehren aufgebaut hat, einverleiben kann!«

Das Bett erbebte, als etwas – oder besser: *jemand* – mit einem Satz neben mir auf der Matratze landete. Ich hörte ein Knistern, als ein erster unschuldiger Schokoriegel von seiner Umhüllung befreit wurde, dann ein Schmatzen, wie es nur ein einziges Geschöpf auf der Welt hervorbringen konnte.

Seufzend schlug ich die Augen auf.

Asmoduin hatte sich seit unserem letzten Zusammentreffen nicht nennenswert verändert. Noch immer sah er aus wie eine verunglückte Kreuzung aus einem Teufel, wie sie üblicherweise in Comics dargestellt werden – knallrot, pfeilförmiger Schweif, den Mund voller aberwitzig spitzer Zähne –, und einem Baggerfahrer, der sich zwanzig Jahre ausschließlich von Currywurst und Pommes rot-weiß ernährt hat. Sein kugelrunder Bauch schien sich sogar noch ein paar Zentimeter weiter nach vorn zu wölben als bei seinem letzten Besuch.

»Du hier?«, brachte ich hervor, weil mir auf die Schnelle nichts anderes einfiel. »Was für eine … Überraschung.«

»Nischt wahr?« Noch am ersten Riegel kauend, wickelte Asmoduin bereits einen zweiten, einen dritten und einen vierten aus. »Und wie esch schich gehört, zerschpringscht du regelrescht vor Freude, misch wiederzuschehen, Schwabbel!«

Ich wich dem Sprühregen von Schoko- und Erdnussbröckchen aus, die beim Sprechen aus dem Mund des Höllensprosses stoben, und nickte ergeben. »So ähnlich.« Unauffällig sah ich mich im Zimmer um. Keine zauberkräftigen Sterne, weder fünf- noch siebenzackig. Keine Zettel mit magischen Formeln, die ich versehentlich irgendwo hatte herumliegen lassen und noch versehentlicher laut vorgetragen hatte. »Ich vermute, du hast den entitätentransformierenden Dimensionsrefraktionator deines Onkels benutzt, um hier heraufzukommen? Wie beim letzten Mal?«

Asmoduin hielt im Kauen inne, kniff ein Auge zusammen und musterte mich prüfend. »Hascht auschnahmschweische mal einen

hellen Tag heute, wasch?« Er schluckte. »*Natürlich* bin ich mithilfe von Onkelchens genialer Erfindung heraufgekommen. Seit meinem letzten Besuch in der Oberwelt hat er diese Technik allerdings bedeutend verbessert. Mittlerweile wäre es völlig unmöglich, dass sich eine unbefugte Person unbemerkt in den Dimensionsrefraktionsstrahl mogelt. Mehrere Personen können nur noch zusammen teleportiert werden, wenn sie sich berühren, sich zum Beispiel an den Händen halten.«

Ich erinnerte mich. Als Asmoduin das letzte Mal einen Abstecher zur Erdoberfläche unternommen hatte, war unbemerkt ein weiterer Teufel in das Labor seines Onkels eingedrungen, des berühmten Erfinders Doktor Beelzeburgh. Gemeinsam mit Asmoduin hatte er sich nach oben teleportieren lassen. Bei dem Trittbrettfahrer handelte es sich um eine ziemlich unerfreuliche Erscheinung mit Namen Belchior, einen halbwüchsigen Teufel mit schlechten Manieren und noch schlechterem Atem. Wie es die Art aller Teufel zu sein schien, sorgte Belchior, einmal auf der Erde angekommen, auf Schritt und Tritt für Chaos. Und als wäre das noch nicht schlimm genug gewesen, verguckte er sich wenig später auch noch in meine Cousine Zara. Es kostete Asmoduin und mich beträchtliche Mühe, sie aus den Fängen des verknallten Hornträgers zu befreien und den aufdringlichen Kerl zurück in die Unterwelt zu schicken. Bei dieser Gelegenheit hatte es damals auch Asmoduin mit davongerissen. Ehrlich gesagt war ich nicht davon ausgegangen, ihn allzu bald wiederzusehen.

Wie man sich täuschen konnte!

»Die schind schuper«, erklärte Asmoduin mit vollem Mund und riss seinen schätzungsweise zehnten Riegel auf.

»Darf ich fragen, was dich diesmal in die Oberwelt führt?«, erkundigte ich mich vorsichtig, während ich den Stapel Comics, den ich mir sauer vom Munde abgespart hatte, unauffällig unter dem Bett in Sicherheit brachte. »Sind etwa schon wieder Schulferien in Hel?«

Der Höllenspross hielt abrupt im Mampfen inne, als hätte er auf ein Stück Nussschale gebissen – wenngleich ihm das bei seinem Gebiss sicher kaum etwas ausgemacht hätte. »Wasch mich …?« Sein Schweif begann, nervös über die Bettdecke zu zucken. »Eöhh, nun ja …«

Hörte ich recht? Während der gesamten Zeit unserer Bekanntschaft war es noch nie vorgekommen, dass der kleine Teufel um Worte verlegen gewesen war. Ich runzelte die Stirn und musterte ihn erneut.

Mir fiel auf, dass ich mich getäuscht hatte – Asmoduin hatte sich seit unserem letzten Zusammentreffen sehr wohl verändert: Das Rot seines pausbäckigen Mondgesichts wirkte irgendwie anders als sonst, blasser, beinahe rosig. Seine Augen blitzten zwar noch immer pechschwarz und frech wie eh und je, aber sie lagen tiefer in den Höhlen als sonst, so als hätte der kleine Teufel in letzter Zeit nicht allzu viel Schlaf abbekommen.

Oder als hätte er geweint.

Asmoduin bemerkte meinen Blick und verzog das Gesicht. »Was ist, hä? Hast du noch nie einen Abkömmling der Baal braune Köstlichkeitsquader essen sehen?« Mit einer wütenden Handbewegung wischte er einen Haufen leerer Einwickelpapierchen vom Bett. »Apropos: Wo bleibt der Nachschub, Schwabbel?«

Seufzend erhob ich mich, um eine neue Familienpackung Schokoriegel aus der Küche zu holen. Als ich zurückkam, hatte mein Besucher mit untergeschlagenen Beinen auf dem Schreibtisch Platz genommen. Das sollte vermutlich erwachsen und würdevoll aussehen. Tat es aber nicht.

Mit einer beiläufigen Geste wies er mich an, die Schokolade in Griffweite abzulegen, dann bedeutete er mir, mich zu setzen.

»Wir müssen reden, Schwabbel.«

Das fing nicht gut an!

»Es wird dich vielleicht überraschen, aber dieses Mal bin ich nicht aus purer Langeweile zur Oberwelt aufgefahren.«

Etwas Ähnliches hatte ich schon befürchtet.

»Ich bin in offizieller Mission hier.«

»In offizieller Mission?«

»Morchelsaft und Eiterbeule, du sagst es!« Mit einer Hand, von der ich verwundert zur Kenntnis nahm, dass sie ein wenig zitterte, fischte er einen Schokoriegel aus der neuen Tüte, packte ihn aus und schob in sich quer in den Mund. »Und diesche Mischion hat gewischermaschen mit dir zu tun, Schwabbel.«

»Mit mir?« In meinem Magen, wo sich mittlerweile eigentlich ein halbes Dutzend Erdnuss-Schokoriegel hätte befinden sollen, machte sich ein ungutes Gefühl breit.

Asmoduin nickte und schluckte. »So sieht's aus.«

»Und, äh … was heißt das genau?«

»Dass ich hier bin, um …« Der kleine Teufel stockte. Es fiel ihm sichtlich schwer, den Satz zu beenden. »… um dich um einen kleinen Gefallen zu bitten.«

»Um einen Gefallen? *Mich?*« Ich schüttelte verwirrt den Kopf. »Wobei sollte ich dir helfen können?«

Asmoduin legte den Kopf schief und sah mich aus seinen schwarzen Schweinsäuglein merkwürdig an. »Du sollst mir helfen, die Welt zu retten, Schwabbel.«

KAPITEL 2

in dem eine Staatskrise erläutert, eine Nachhilfestunde in Astrophysik erteilt und ein unerquickliches Ansinnen unterbreitet wird

»Die Welt retten?« Ich konnte nicht verhindern, dass sich meine Stimme vor Überraschung überschlug. »Du spinnst!«

»Ekzem und Eiterpickel, was sind denn das für Töne?« Asmoduin fuhr in die Höhe, wobei er mit dem Schweif, ohne es zu merken, meinen Radiowecker vom Nachttisch fegte. »Ein Abkömmling der Baal spinnt *nie,* Schwabbel!« Er reckte die Schultern und versuchte, heldenhaft den Bauch einzuziehen, was ihm nicht einmal ansatzweise gelang. »Du darfst mich indes keinesfalls falsch verstehen: Selbstredend könnte ich jederzeit auf die Hilfe eines Sterblichen pfeifen und das Ding allein durchziehen. Es ist lediglich so, dass ich als Ururürenkel des amtierenden Fürstkanzlers der Hölle auch noch andere Verpflichtungen habe – Termine, du weißt schon. Das führt zu einer gewissen Zeitknappheit, die …«

»›Das Ding‹?«, wiederholte ich und riss mir endlich ebenfalls einen Schokoriegel auf.

»Das *Ding*, bei Shaitans glutflüssigem Kaka!« Mit einem raschen Grapscher riss mir der kleine Teufel die Schokolade aus der Hand und wedelte wie mit einem Zeigestock damit in der Luft herum. »Schneckenschleim und Hustenreiz, es hat keinen Sinn, um den heißen Brei herumzureden.« Er seufzte. »Die schwefelmiefende, angekokelte Wahrheit ist, dass ich deine Hilfe brauche. Und zwar nicht nur ich, sondern der ganze verdammte Planet, auf dem du und deine Leute leben.«

Asmoduins Stimme klang jetzt anders als sonst, irgendwie kieksig. Und in seinen Augen flackerte etwas, das ich dort noch nie zuvor gesehen hatte.

Nervosität?

Angst?

Die Vorstellung, ein Bewohner Hels, jener unvorstellbaren Unterwelt sechstausend Kilometer unter der Erdoberfläche, könnte Angst vor etwas haben, ließ in meinem Hals einen Kloß von der Größe eines Tennisballs entstehen.

»Mal langsam!« Ich hob die Hände. »Wie wär's, wenn du ganz von vorn beginnen würdest?«

»Von vorn?« Asmoduin verengte die Augen und kratzte sich an der Schläfe – mit der Hand, die nach wie vor den Schokoriegel hielt. Das Ergebnis war braun und nicht besonders ansehnlich. »Ausgezeichnete Idee, Schwabbel!« Er verengte die Augen zu Schlitzen, schien angestrengt zu überlegen. Dann hellte sich seine Miene auf. »Weißt du, was eine Sauna ist?«

Hätte er mir erklärt, die Erde sei in Wirklichkeit eine Scheibe, ich hätte kaum dümmer aus der Wäsche geschaut. »Eine Sauna? Klar weiß ich, was eine Sauna ist. Eine Räumlichkeit, in die man sich begibt, um zu schwitzen.«

»Falsch.« Asmoduin schüttelte erregt den Kopf. Erdnuss- und Schokoladenbröckchen lösten sich von seiner Schläfe und purzelten aufs Bett. »Wie konnte ich auch davon ausgehen, dass du *irgendwas*

weißt? Eine Sauna ist eine Räumlichkeit, in die man sich begibt, um zu frieren.«

»Um zu frieren?«

»Um zu frieren. Alles andere würde lächerlich wenig Sinn ergeben, oder?«

»Wie man's nimmt …« Ich musste zugeben, dass Schwitzen für Bewohner Hels, wo laut Asmoduin eine Durchschnittstemperatur von fünftausend Grad herrschte, vermutlich zu den weniger beliebten Freizeitbeschäftigungen gehörte. Ich beschloss, fürs Erste weiter zuzuhören, und beschränkte mich darauf, die klebrige Bescherung aus meinem Bettzeug zu klauben.

»Wie es sich für einen wohlhabenden Teufel von Einfluss und Macht gehört, besitzt mein Urururgroßvater Shaitan III. natürlich auch so einen Kälteraum«, fuhr er fort. »Dieser befindet sich in einem Untergeschoss seines Herrscherpalasts in Flammburg, der Hauptstadt von Hel. Ururuvopi ließ ihn vor rund 1500 Jahren einbauen, kurz nach seinem Amtsantritt. Betrieben wird er mithilfe eines höchst effektiven Frostzaubers, der ursprünglich von der Oberwelt stammt, aus einer Gegend namens Skandaloblavien.« Er warf mir einen fragenden Blick zu. »Schon mal gehört?«

»Falls du Skandinavien meinst, ja. Zur skandinavischen Halbinsel gehören Schweden, Norwegen und der nördliche Teil von Finn-«

»Kein Geschwafel jetzt, Schwabbel! Die Sache ist ernst.« Asmoduin hob den Arm, um seinen Vortrag fortzusetzen. Dabei bemerkte er den Riegel, den er immer noch umklammert hielt und der seine Riegelform mittlerweile gänzlich verloren hatte. Mit einem überraschten »Öha« stopfte er sich den braunen Klumpen in den Mund. Ich schaute weg, bis er sich mit seiner handspannenlangen, gespaltenen Zunge die Finger sauber geschleckt hatte und weitersprach: »Die uralte Magie dieser Zauberformel machte Urururopis Eis-Sauna zum effektivsten Kälteraum in ganz Hel. Sie schaffte Temperaturen von fast *minus zehn Grad!*«

»Wahnsinn«, kommentierte ich mit mäßiger Begeisterung. Im vergangenen Januar war es bei uns auf minus zwanzig Grad abgekühlt. Aber minus zehn mochten für jemanden, der normalerweise ein paar tausend Grad mehr gewohnt war, schon empfindlich kühl sein. Nichtsdestotrotz begann ich mich allmählich zu fragen, worauf das alles hinauslief.

»Eineinhalb Jahrtausende hindurch ging alles gut. Urururopi zog sich nach anstrengenden Konferenzen zum Frieren zurück, der gemeine Teufel auf der Straße war neidisch. Alles super. Bis vor etwa einem Monat – nach eurer Zeitrechnung.«

Ich nickte. Wie Asmoduin mir einmal erklärt hatte, gab es in Hel aufgrund der fehlenden Sonne weder Tag noch Nacht. Ich nahm mir vor, ihn irgendwann zu fragen, in welchen Einheiten die Teufel das Verstreichen der Zeit maßen, wo ihnen doch Tage und Wochen fehlten.

»Eines Tages begann plötzlich eine widerwärtige weißliche Masse den Palastgarten zu überziehen. Wenig später war auch die Agonienallee betroffen, die unmittelbar am Regierungssitz des Fürstkanzlers vorbeiführt.«

»Eine widerwärtige weißliche Masse?« Ich runzelte die Stirn. »Etwa Vogeldreck?«

»Eitergrind und Blutvergiftung! Hörst du mir überhaupt zu, du Riesenvorratseimer Grützwurst? Ich meine natürlich Eis!«

»Eis?« Ich verstand nur Sackbahnhof. »Wie soll sich denn Eis bei einer Umgebungstemperatur von fünftausend Grad ...«

»Weil es sich um Eis *magischen* Ursprungs handelt, du Flachpfeife! Jedes Kind weiß doch, dass magisches Eis nicht durch Hitze zum Schmelzen gebracht werden kann.«

»Ach so. Klar. Musste mir für einen Moment entfallen sein.«

»Nichts Ungewöhnliches bei dir, Schwabbel.« Asmoduin seufzte gequält. »Weißes, kristallines, bei Berührung grauenhaft schmerzhaftes Eis kroch mit einem Mal die Straßen und Häuser Hels entlang. Und weißt du warum?«

»Ich würde meinen ...«

»Weil sie *undicht* geworden war, die dreimal verfluchte Mistsauna!« Asmoduin sprang vom Schreibtisch auf, die Augen so weit aufgerissen, dass sie fast wie schwarze Pingpongbälle aussahen.

»Undicht?«, wiederholte ich vorsichtig.

»Irgendwelche Siegel, die unter dem Einfluss der jahrtausendelangen Kälte brüchig geworden sind, was weiß ich? Onkelchen Beelzeburgh hat die Details in einem Vortrag vor dem Ministerrat lang und breit erläutert.« Der Höllenspross ließ sich neben mir aufs Bett fallen. »Ist auch schnurzegal. Tatsache ist, dass der dämliche Zauber ins Freie gelangt ist. Und dort breitet er sich seitdem ungehindert aus!«

»Ah.« Ich konnte noch immer nicht erkennen, was die ganze Sache mit mir zu tun haben sollte. »Und weiter?«

»Und weiter? *Und weiter?* Rattenköttel und Kuhfladen! Mittlerweile sind schon drei Viertel des Herrscherpalasts mit Eis bedeckt, und eine halbe Meile der Agonienallee. Kein Teufel kann mehr seinen Fuß in diesen Bereich setzen, ohne Frostbeulen oder im schlimmsten Fall einen Herzschlag zu riskieren. Kein Hitzegleitschlitten fährt mehr, sämtliche Lava-Pipelines unterhalb des Regierungsviertels sind abgekühlt und zum Stillstand gekommen. In Flammburg herrscht der Ausnahmezustand. Und der vermaledeite Zauber breitet sich immer schneller aus … exlodierziell, hat Onkelchen B. es genannt.«

»Du meinst exponentiell. Das bedeutet mit ständig zunehmender Geschwindig-«

»Klappe, Klugscheißer! Wenn es so weitergeht, ist in knapp fünf Tagen eurer Zeit die komplette Hauptstadt vereist, keine drei Wochen später der gesamte Rest von Hel.«

Ich zuckte mit den Schultern. »Warum deaktiviert ihr den komischen Zauber nicht einfach?«

Asmoduins Augen verengten sich. »Du hältst uns wohl für genauso bescheuert wie dich, was? Glaubst du im Ernst, das hätte man nicht längst versucht?« Mit einem verächtlichen Schnauben wandte er mir den Rücken zu. Dabei schielte er unauffällig unter sich und angelte sich einen neuen Schokoriegel aus der Tüte. »Wir haben allesch probiert«, fuhr er kauend fort. »Rieschige Heizschtrahler, umgeleitete Lavaschtröme … schogar Napalm! Aber dasch verflixte Zeug schmilzt und schmilzt einfach nicht.«

Mich schauderte, als ich mich daran erinnerte, wie hoch entwickelt Asmoduins Volk in technologischer Hinsicht war. Den Forschern Hels hatte die Menschheit einen Großteil ihrer modernen Waffen zu verdanken, darüber hinaus etliche unerfreuliche Krankheiten und

sogar Naturkatastrophen. Ohne hel'sche Wissenschaft keine Atombombe, keine Vogelgrippe und keine Tsunamis.

Wenn die Teufel diese Sache mithilfe ihrer Technik nicht in den Griff bekamen, war das kein gutes Zeichen!

»Nichts hat gewirkt.« Asmoduin tupfte sich betrübt mit einem Einwickelpapier die Mundwinkel. »Unglücklicherweise hat damals, als man die magische Formel aus der Oberwelt organisiert hat, keiner daran gedacht, eine Gegenformel mitzubringen. Wozu auch? Der Frostzauber sollte ja immer schön verschlossen in Urururopis Keller bleiben.« Mit hängenden Schultern drehte er sich wieder zu mir um. »Da die Krise sich nicht in den Griff kriegen lässt, haben Urururopi und die Minister erwogen, Hel kurzerhand zu evakuieren.«

»Zu *evakuieren?*« Mir stockte der Atem. Wenn die Bewohner Hels das Erdinnere verlassen wollten, um der fortschreitenden Vereisung zu entfliehen, dann gab es eigentlich nur einen Ort, an den sie auswandern konnten …

»Der Plan war bereits beschlossen. Onkelchen B. sollte einen Multitransmitter bauen, der sämtliche Bewohner Hels an die Oberfläche teleportieren kann.«

»Sämtliche … Äh, wie viele deiner Verwandten leben noch mal in Hel?«

Asmoduin sah mich mit unbewegter Miene an. »Sechshundertsechsundsechzig Millionen, sechshundertsechsundsechzigtausendsechshundertsechsundsechzig.«

Plötzlich hatte ich das Gefühl, die fünf Toastbrote mit Nugatcreme, die ich mir vor der Schule zum Frühstück genehmigt hatte, wollten mit einem Mal wieder ans Tageslicht kommen. Ich schluckte hart. »Aber wo um Himmels willen sollen die denn alle hin?«

Asmoduin zuckte mit den Schultern. »Auf der Oberwelt ist mehr als genug Platz. Nachdem sämtliche Oberweltler entfernt worden sind, heißt das.«

»*Entfernt?*«

»Beseitigt. Ausradiert. Pulverisiert. Die hel'sche Industrie verfügt über Waffensysteme, mit denen sich die Säuberung der Erdoberfläche binnen vierundzwanzig Stunden durchführen ließe. Natürlich wäre es für mein Volk auf die Dauer zu kühl hier oben. Aber schon nach ein paar Jahren hätten Atomheizer und Sonnenkollektoren die Atmosphäre auf milde vier- bis fünfhundert Grad angeheizt.« Mit einem wehmütigen Blick auf die Schokoriegeltüte fügte er hinzu: »Ich gebe zu ... um ein paar Dinge, die dadurch für immer verloren gingen, täte es mir sogar ein bisschen leid.«

»Zu gütig.« Ich schluckte erneut. »Du sagtest ›wäre‹. Heißt das, der Plan hat sich am Ende doch nicht durchgesetzt?«

»Urururopi hielt schon den Säurefüller in der Hand, um den Evakuierungsbefehl zu unterschreiben, als ein Abgesandter des geophysikalischen Instituts aus Aschenaffenburg hereinplatzte. Die Neuigkeiten, die er brachte, waren alles andere als aufbauend.«

Mich schauderte. Was konnte *noch* unangenehmer sein als eine Umsiedlung des Teufelsgeschlechts auf die Erdoberfläche?

»Die Forscher des Instituts hatten errechnet, welche Auswirkungen es haben wird, wenn das glutflüssige Innere des Planeten als Folge des immer weiter um sich greifenden Frostzaubers erkaltet und aushärtet.« Asmoduin pfriemelte einen Zettel aus der Brusttasche

seiner Latzhose, faltete ihn auseinander und kniff die Augen zusammen. »*Die Erstarrung des Erdkerns hätte eine irreparable Veränderung des terrestrischen Massefelds zur Folge, welche eine Verlagerung der planetaren Rotationsachse nach sich ziehen würde*«, las er stockend vor. »*Durch die Störung der Ekliptik würde die Erde ins Trudeln geraten und aus ihrer elliptischen Umlaufbahn um die Sonne geschleudert werden.*« Er faltete den Zettel wieder zusammen und steckte ihn fort.

»Aus der Bahn geschleudert?«, wiederholte ich ungläubig. »Das hieße, wir würden …«

»Falsch«, unterbrach mich Asmoduin mit erhobenem Zeigefinger. »Von *euch* wäre zu diesem Zeitpunkt nichts mehr übrig außer ein paar hunderttausend Tonnen Asche. *Wir* allerdings würden in die eisigen Weiten des Alls hinauskatapultiert und irgendwo im luftleeren Raum zu einem überdimensionalen Eiszapfen gefrieren.« Er unterdrückte ein Schaudern. »Die Evakuierung Hels würde folglich nur einen kurzen Aufschub bedeuten, bevor sämtliche Stämme Hels – von den Baal über die Marcochii, die Abbadonnia bis hin zu den Baphomelski – das Zeitliche segnen müssten.«

Der Kloß in meinem Hals verdickte sich, drohte mir die Luft abzuschnüren. Ich sprang auf und holte mir aus der Küche ein Tetra Pak Eistee. »Und jetzt?«, wollte ich wissen, nachdem ich die Hälfte davon hinuntergestürzt hatte.

Asmoduin sprang auf und begann mit auf dem Rücken verschränkten Händen im Zimmer auf und ab zu marschieren wie ein General vor einer wichtigen Schlacht. »Da eine Flucht vom Ort des Geschehens sinnlos wäre, wandte sich der Ministerrat von Neuem dem Ursprung des Übels zu: dem Frostzauber. Onkel Beelzeburgh glaubte sich zu erinnern, dass irgendein Minister die magische Formel um das Jahr 666 eurer Zeitrechnung auf der Oberwelt besorgt hatte, in einem Land namens Borwe… Norf…«

»Norwegen?«

»Vorwerken, sag ich doch. Dieser Minister, sein Name war Diavliç, bekam die Zauberformel im Tausch von einem vorwerkischen Schamanen. Als Gegenleistung überließ er dem Typen einen Apparat zur Projektion von Sichtschilden, den Onkelchen B. in jungen Jahren, während seiner Ausbildung konstruiert hatte.« Als er meinen verwirrten Blick bemerkte, schnippte er seufzend mit den Fingern und verschwand kurzerhand. »Für den Fall, dass du es vergessen hast, Schwabbel: *Das* ist ein Sichtschild.« Am Klang von Asmoduins Stimme erkannte ich, dass er unsichtbar weiter im Zimmer auf und ab schritt.

»Das mit der heißen Luft?«, erinnerte ich mich.

»Exakt. Ein Schild aus erhitzter Luft, der die Wellen des Lichts um einen Gegenstand – in diesem Fall: einen höchst attraktiven Jungteufel – herumlenkt, sodass die Augen primitiver Sterblicher ihn nicht mehr wahrnehmen können.« Am anderen Ende des Zimmers wurde er wieder sichtbar und drehte sich mit einer wenig eleganten Pirouette zu mir um. »Angehörige meines Volkes beherrschen diese Art der Wellenbeeinflussung dank eines speziellen Organs. Es sitzt, glaube ich, irgendwo hier.« Er deutete auf seinen Hinterkopf. »Man muss es natürlich ein bisschen trainieren, aber dann ist es leichter als Pupsen.« Er unterstrich diese Aussage, indem er ein Auge zukniff und einen knatternden Furz entweichen ließ. »Ist man kein Teufel, lässt es

sich mithilfe von etwas Technik bewerkstelligen. Das mit dem Sichtschild, nicht das Pupsen.«

»Verstehe. Und so einen Apparat bekam der Schamane für die magische Formel.« Ich dachte einen Moment darüber nach. »Könnte man diesen zauberkräftigen Medizinmann nicht fragen, wie sich der Zauber abschalten lässt?«

»Rheumaschub und Hasenscharte! Du hast schon wieder nicht zugehört, Schwabbel! *Wann*, habe ich gesagt, wurde der besagte Deal abgeschlossen?«

»Ähh … im Jahre 666?«

»Korrektestens! Wie du aber wissen solltest, verfügt ihr Oberweltler im Vergleich zu uns Teufeln nur über eine ausgesprochen mickrige Lebenserwartung …«

Ich nickte ergeben. Der Schamane lebte längst nicht mehr.

Asmoduin schenkte mir ein müdes Lächeln. »Der Kerl ist schon vor Zeiten zu fruchtbarem Mutterboden verrottet. Aaaaaber – so überlegte Onkelchen Beelzeburgh – möglicherweise hat er vor seinem Tod irgendwelche Aufzeichnungen angefertigt. Oder zauberkräftige Artefakte zurückgelassen. Oder sonstige magische Hilfsmittel, mit denen sich der mistige Frostzauber unter Kontrolle bringen lässt.«

Ich klatschte in die Hände. »Eine Superidee! Dann solltet ihr dringend ein paar unauffällige Ermittler nach Norwegen schicken und Recherchen anstellen.«

Der kleine Teufel winkte ab. »Längst passiert, du Schlaumeier. Urururopi schickte eine ganze Armada von Abgefeilten an die Oberfläche, um die Bevölkerung Vorwerkens auszuhorchen und nach Spuren des mysteriösen Alten zu suchen.«

»Abgefeilte?« Ich erinnerte mich, diese Bezeichnung schon einmal gehört zu haben.

»Treue Diener des hel'schen Staates, die sich mit Todesverachtung das Gehörn entfernen und das wunderschöne Rot ihrer Haut mit beigefarbener Tätowiertinte überdecken lassen, um unentdeckt unter euch Oberweltlern wandeln zu können.« Er hob die Brauen. »Rätselhafterweise kamen sie alle ohne brauchbare Hinweise zurück. Sie behaupteten, die Oberweltler wären so kooperativ wie Lavabrocken gewesen. Nirgends ließen sich Informationen darüber finden, was aus dem Schamanen geworden sein könnte.« Er schüttelte den Kopf. »Diese Vorwerker scheinen ein extrem verstockter und maulfauler Menschenschlag zu sein.«

Ich runzelte die Stirn. Wenn sich die Agenten aus der Hölle bei ihrer Ermittlungsarbeit in der Oberwelt genauso dezent und höflich angestellt hatten wie der Ururenkel ihres Fürstkanzlers, war es kein Wunder, dass ihre Nachforschungen ergebnislos verlaufen waren, sorgfältige Tarnung hin oder her.

»Ohne menschliche Verbindungsleute, die mit den hiesigen Gepflogenheiten vertraut sind und wissen, wo man bestimmte Informationen suchen muss oder wie man Oberweltler dazu bringt, welche auszuspucken, ist die Aufgabe nicht zu lösen.« Asmoduin fixierte mich, und ein breites Grinsen trat auf sein Gesicht. »Da besann sich Onkelchen B. meiner Besuche in der Oberwelt und der Kontakte, die ich mir hier mit viel Mühe aufgebaut hatte …«

Schlagartig fiel bei mir der Groschen – ein Groschen von der Größe eines Achtzehntonnen-Tanklastzugs.

»Heißt das etwa, *ich* soll …?«

Die Haltung des Höllensprosses straffte sich, er reckte die schmächtige Brust. »Wie ich schon sagte, ich stehe in offizieller Mission vor dir, Schwabbel. Man hat mich geschickt, um meine oberirdischen Kontakte zu nutzen und einen Gegenzauber zu der vertrackten Schamanenformel zu finden, bevor Flammburg vollständig vereist ist und die Evakuierung Hels sich nicht länger aufschieben lässt. Und diese oberirdischen Kontakte«, er deutete mit einem roten Zeigefinger auf mich, »bestehen nun mal aus *dir*.«

Für mehrere Sekunden konnte ich nichts tun als den kleinen Teufel mit offenem Mund anzustarren. Das Tetra Pak in meinem Schoß war umgekippt, kühler Eistee verteilte sich über meine Oberschenkel und die Matratze. Ich bemerkte es nicht.

Schließlich riss ich mich zusammen und räusperte mich. »Du willst allen Ernstes, dass ich dir helfe, eine Rasse monströser Wesen zu retten, die seit Jahrtausenden nichts anderes im Sinn haben als der Menschheit zu schaden, wo sie nur können?«

Asmoduin sah mich durchdringend an. Dann schüttelte er langsam den Kopf. »Ich will, dass du mir hilfst, den Planeten zu retten, auf dem dein *und* mein Volk seit Hunderttausenden von Jahren Seite an Seite existieren. Dass die eine Seite von der Existenz der anderen nichts weiß, tut dabei nichts zur Sache.« Er griff in die Brusttasche seiner roten Latzhose und zog etwas hervor, das wie eine große, quadratische Taschenuhr aussah. Das Gerät besaß allerdings nur einen einzigen Zeiger. Er glühte hellrot und stand ein kurzes Stück von dem Teilstrich entfernt, der auf einer oberirdischen Uhr die Zwölf markiert hätte.

»Solltest du ablehnen, werden sämtliche Bewohner Hels in fünf eurer Tage in die Oberwelt übersiedeln, und von dir und all jenen, die du kennst, bleibt nichts als Asche übrig. Und nur ein paar Monate später werden ich und all jene, die *ich* kenne, als leblose Eisklumpen durch die unendlichen Weiten des Weltalls segeln.«

KAPITEL 3

in dem Hemden bekleckert, Snacks stibitzt und mehrere Hostessen um den Verstand gebracht werden

Ein schriller Schrei ließ mich aus unruhigem Schlummer hochfahren. Sekundenlang hatte ich Mühe, mich zurechtzufinden. Verwirrt sah ich mich um. Ich saß in einem straff gepolsterten Sessel mit hoher Lehne. Ich hatte geschlafen, so viel schien klar …

Hatte ich die ganze Sache mit dem drohenden Weltuntergang vielleicht nur geträumt?

»Können Sie nicht aufpassen?«, übertönte plötzlich eine männliche Stimme das dumpfe Brummen, das in der Luft lag. »Nun sehen Sie sich nur meinen Anzug an!«

Mein Blick streifte eine Reihe kopfgroßer, ovaler Fenster. Hinter den Scheiben war nichts als blauer Himmel zu erkennen. Schlagartig wusste ich wieder, wo ich mich befand.

Ich saß in einem Flugzeug!

»Na, ausgeschlafen?« Einen Sitz neben mir sah Zara von ihrem mit Glitzersteinchen beklebten Netbook auf. »Ist auch besser so. Wir sind bald da.« Sie schielte unauffällig durch den Spalt zwischen unseren Sitzlehnen nach hinten. »Unser gehörnter Mitreisender amüsiert sich übrigens nach wie vor ausgezeichnet.«

Ich drehte mich um und peilte durch den Spalt zwischen den Sitzlehnen hindurch, in die Richtung, aus der der wütende Ausruf gekommen war. Dort saß ein Mann mit Seitenscheitel und grauem

Anzug, allem Anschein nach ein Geschäftsreisender. Auf der Brust seines Sakkos klebten ein handtellergroßes Schnitzel, ein dicker Klacks Kartoffelbrei und jede Menge Pilzrahmsoße. Eine blonde Hostess war verzweifelt bemüht, die Bescherung mit einem Stapel Papiertücher zu entfernen, verschmierte dabei aber alles nur noch mehr.

Zwei Schritte hinter ihr im Mittelgang stand eine kleine, knallrote Gestalt, von einem Ohr zum anderen hämisch grinsend.

»Es ... es tut mir unendlich leid«, stammelte die junge Frau. »Ich verstehe das nicht. Irgendetwas hat von unten gegen das Tablett geschlagen, als ich es Ihnen reichen wollte ...«

»Na, *ich* war es jedenfalls bestimmt nicht«, erwiderte der Mann aufgebracht. »Ich gehe davon aus, dass die Fluglinie für die Reinigung aufkommt!«

Kopfschüttelnd wandte ich mich ab. Jetzt, da ich wieder richtig wach war, kehrte meine Erinnerung an die letzten vierundzwanzig Stunden rasch zurück.

Alles war aberwitzig schnell gegangen. Nachdem Asmoduin mit seinen Katastrophenmeldungen durch war und sich wieder der Vernichtung meiner verbliebenen Süßkramvorräte widmete, hatte ich das getan, was ich meistens tue, wenn ich nicht weiterweiß: Ich hatte meine Cousine angerufen.

Zara ist wirklich cool, vor allem, wenn man bedenkt, dass sie a) ein Mädchen, b) über ein Jahr älter als ich und c) das ist, was man gemeinhin »verdammt hübsch« nennt. Zusammengenommen müsste das eigentlich zur Folge haben, dass sie zehntausend Dinge lieber täte, als Zeit mit ihrem übergewichtigen, eigenbrötlerischen Vetter zu verbringen.

Doch so war es nicht. Im Gegenteil, Zara war immer da, wenn ich Hilfe brauchte. Und für Fälle, in denen sich meine Probleme nicht mit einem Ratschlag oder einem aufmunternden Lächeln lösen ließ, hatte sie grundsätzlich eine goldene Kreditkarte dabei, die sie nach eigenem Gutdünken und quasi ohne Limit benutzen durfte. (Onkel Louis, Zaras Vater, macht Millionen in der Werbung; Mom und ich müssten bei Weitem nicht so knausern, wenn meine Mutter bereit wäre, ein bisschen finanzielle Unterstützung von ihrem Bruder anzunehmen. Manchen Leuten ist eben nicht zu helfen.) Als Asmoduin vor ein paar Monaten zum ersten Mal in mein Leben getreten war, hatte er mit einem Handstreich das gesamte Inventar eines Porzellanladens in Schutt und Asche gelegt. Nur Zaras Kreditkarte hatte mich damals vor dem Jugendgericht und einem Berg von Schulden bewahrt.

Als ich Zara über das Handy angeklingelt hatte, war sie gerade mit ihrer besten Freundin Mel Eis essen gewesen. Normalerweise hätte nichts in der Welt sie dazu bewegen können, diesen Termin sausen zu lassen. Doch seit unserem gemeinsamen Abenteuer mit Belchior, dem höllischen Trittbrettfahrer, aus dessen Klauen Asmoduin und ich sie befreit hatten, war unser Verhältnis noch enger geworden. So kam es, dass sie Mel mit einem halb gegessenen Bananensplit sitzen ließ und sich augenblicklich auf den Weg zu mir machte.

Nachdem Asmoduin und ich ihr die Situation erklärt hatten, dachte Zara eine geschlagene Minute lang angestrengt nach. Dann schaltete sie meinen Laptop ein und ging online. Bevor ich richtig begriff, was sie da tat, hatte sie zwei Flugtickets nach Oslo gebucht, in die Hauptstadt Norwegens!

Ich war wie vor den Kopf gestoßen. Wie wollte Zara das unseren Eltern erklären?

Die Lösung gestaltete sich – wie so oft, wenn meine Cousine ihre manikürten Finger im Spiel hat – einfacher als gedacht. Zaras Eltern, die wie die meisten reichen Leute ohnehin viel zu wenig Zeit für ihre Tochter hatten, waren begeistert, dass Zara sich für ein paar Tage allein beschäftigen wollte. Was genau sie in Oslo wollte oder wieso ich mitkam, interessierte sie überhaupt nicht. Onkel Louis setzte einen kurzen Schrieb auf, der seiner Tochter auch im Ausland die Vollmacht über seine Kreditkarte einräumte. Das erleichterte einiges, denn damit hatte Zara jetzt – vom Autofahren und alkoholischen Getränken mal abgesehen – quasi dieselben Rechte wie eine Volljährige.

Um meine Mutter in ihrem wohlverdienten Urlaub nicht über Gebühr aufzuregen, erklärte sich Onkel Louis außerdem bereit, bei einem kleinen Schwindel mitzumachen: Offiziell würden wir eine Klassenkameradin von Zara besuchen, deren Eltern ein Ferienhaus in Norditalien besaßen. Ein letztes kurzes Telefonat, und Mom war ebenfalls informiert. Sie war zwar zunächst nicht begeistert, dass die Wohnung tagelang leer stehen würde, doch letztendlich freute sie sich, dass auch ich für ein paar Tage aus der Stadt herauskam und etwas ausspannen konnte.

An Ausspannen war allerdings nicht zu denken. Noch am Nachmittag desselben Tages saß ich zusammen mit Zara, einem gepackten Koffer und einem unsichtbaren Jungteufel in einem Taxi, das Richtung Flughafen rollte.

Als die Boeing wenig später abhob und mit über dreihundert Stundenkilometern Richtung Norden donnerte, war ich, um der Wahr-

heit die Ehre zu geben, ziemlich aufgeregt. Ich war zwar schon früher geflogen, aber noch nie ohne erwachsene Begleitung. Zara ging mit ihren sechzehn Jahren optisch zwar durchaus als Achtzehnjährige durch, im Endeffekt war sie aber doch nur meine Cousine, die auf bunte Handtäschchen und Glitzersteine stand.

Noch aufgeregter als ich war allerdings jemand anderes. Jemand, der noch nie im Leben ein Flugzeug auch nur von Weitem gesehen hatte und der sich selbstredend nicht dazu überreden ließ, den mehrstündigen Flug angeschnallt auf einem der freien Sitzplätze zuzubringen.

»Zum Teufel noch mal!«, beschwerte sich in diesem Moment eine Hostess ein paar Reihen weiter vorne. Sie war mit einem Rollwagen voller Getränke im Gang zwischen den Sitzen unterwegs und richtete sich gerade kopfschüttelnd von einem Fach im unteren Drittel des Vehikels auf. »Das gibt es doch nicht«, beklagte sie sich mit verwirrter Miene bei ihrer Kollegin, die gerade mit rahmsoßenbekleckerten Servietten den Gang entlangeilte. »Jetzt habe ich das Snackfach schon zum dritten Mal aufgefüllt. Aber jedes Mal komme ich nur drei oder vier Reihen weit, bevor es komplett leer ist! Dabei gebe ich kaum etwas heraus.«

»Sorry, ich hab momentan andere Probleme«, schnaubte ihre Kollegin und drückte sich am Servicewagen vorbei. »Das war schon das vierte Essenstablett, dass mir aus irgendeinem Grund aus der Hand geflogen ist.«

Ich drehte suchend den Kopf.

Auf der Rückenlehne eines leeren Sitzes am Ende unserer Reihe hockte Asmoduin und ließ unschuldig die Beine baumeln. Unter ihm auf der Sitzfläche lagen die zerknüllten Überreste von mindestens drei Dutzend Erdnuss-, Kartoffelchips- und Gummibärchentüten. Als er meinen Blick bemerkte (er war zwar unsichtbar, hatte seinen Sichtschutz aber so eingestellt, dass sowohl Zara als auch ich ihn sehen konnten), grinste er und winkte. Zwischen seinen spitzen Zähnen klebte ein gelblicher Brei aus halbzerkauten Nüssen und Chips.

»Ein Glück, dass die Tür zum Cockpit von innen abgeschlossen ist«, bemerkte Zara von der Seite. »Ich mag mir gar nicht vorstellen, was passieren würde, wenn Asi auf die Idee käme, dem Piloten einen Besuch abzustatten.«

Mich schauderte bei dem Gedanken. Ich deutete auf Zaras Netbook. »Hast du inzwischen etwas herausfinden können? Wie geht es weiter, sobald wir in Oslo sind?«

Zara hatte schon auf der Fahrt zum Flughafen mit den Recherchen begonnen. Der einzige brauchbare Anhaltspunkt, den Asmoduin für unsere Suche nach dem Gegenzauber liefern konnte, war der Name des norwegischen Schamanen, von dem Minister Diavliç den Frostzauber angeblich erworben hatte: *Stígandr*. Kaum saßen wir im Flieger, hatte Zara sich in das bordeigene WLAN eingeloggt, um im Netz etwas über diese Person herauszufinden.

»Es war nicht einfach«, begann sie und nahm einen Schluck Cola Light aus einer der winzigen Dosen, die sie hier austeilten. »Zur fraglichen Zeit war Schamanismus in Norwegen weit verbreitet. Viele Menschen übten spirituelle Praktiken aus, um bestimmte Bewusstseinszustände zu erlangen oder von Göttern irgendwelcher Naturreligionen Beistand oder Hilfe zu erbitten.«

»Aha.« Ich merkte, dass ich gewisse Schwierigkeiten hatte, mir eine Epoche vorzustellen, in der die Menschen nicht nur kein Internet und keine Videospiele gehabt hatten, sondern nicht mal elektrischen Strom. Kein Wunder, dass sie an sonderbare Götter, Wunder und Zauberei glaubten – irgendwie musste man sich an endlosen Abenden in seiner öden Blockhütte ja beschäftigen.

»Ich habe das Internet kreuz und quer nach einem Schamanen namens Stígandr durchkämmt«, fuhr Zara fort. »Das Problem ist, dass im Netz kaum Aufzeichnungen über einzelne Personen oder Ereignisse aus dieser Zeit existieren, ausgenommen Könige, Kriege und andere wichtige Dinge. Infos zu Schamanen – sofern es welche gibt – liegen höchstens in irgendwelchen staubigen Bibliotheken herum.«

Mich schauderte unwillkürlich. Der Gedanke, dass es Dinge geben sollte, die nicht im Internet zu finden waren, hatte etwas Unheimliches. »Du hast also nichts gefunden?«, hakte ich nach.

Zara setzte ein triumphierendes Lächeln auf. Irgendwo vor uns ertönte ein Scheppern, als nacheinander ein Dutzend Essenstabletts aus den Warmhaltefächern eines Servicewagens gerissen und wie Frisbeescheiben durch den Passagierraum geschleudert wurden. Ich hörte ein begeistertes »Huiiiiii!« irgendwo vor mir, gefolgt von erschrockenen und wütenden Schreien aus anderen Teilen des Flugzeugs.

»Doch. Nachdem ich Stígandrs Namen in unterschiedlichen Schreibweisen und mit verschiedenen zusätzlichen Suchbegriffen habe durchlaufen lassen, stieß ich auf einen Verweis, der besagt, ein Mann dieses Namens habe zur Mitte des siebten Jahrhunderts in Lom gelebt, einem Dörfchen im Norden Norwegens.«

»Mitte des siebten Jahrhunderts? Das könnte passen.« Ich wich einem messerscharf über die Sitzlehnen hinwegzischenden Plastiktablett aus, ignorierte den Aufschrei aus der Reihe hinter mir, und fuhr fort: »Wo liegt dieses Dorf?«

»Etwa vierhundert Kilometer nördlich von Oslo.« Zara rief eine Karte auf und zeigte mir die Lage des Ortes auf dem Bildschirm. Er grenzte unmittelbar an einen ausgedehnten Gebirgszug.

»Das Jotunheimen-Gebirge«, erklärte Zara. »Eine der höchsten und unwegsamsten Bergketten von ganz Skandinavien.«

»Jotunheimen?« Ich schloss die Augen und versuchte, mich zu erinnern, wo ich diesen Namen schon einmal gehört oder gelesen hatte. Die Geräuschkulisse machte es mir nicht leicht, mich zu konzentrieren. Irgendwo hatte ein Kleinkind ohrenbetäubend zu kreischen begonnen, und mittlerweile entschuldigten sich mindestens drei Flugbegleiterinnen mit bebenden Stimmen bei Fluggästen, die Tabletts an den Kopf oder Schnitzel mit Kartoffelbrei auf die Kleidung bekommen hatten. Eine weitere hockte am hinteren Ende des Ganges, die Hände vor dem Gesicht, und heulte herzzerreißend vor sich hin. Über all dem schwebte – hörbar nur für Zara und mich – ein von krächzender Stimme vorgetragenes, grässlich schiefes Kinderlied, dessen Text in jeder Strophe unzählige scheußliche Wege aufzählte, wie man sterblichen Oberweltlern das Licht ausblasen konnte.

»Jotunheimen bedeutet übersetzt so viel wie ›Heim der Riesen‹«, fuhr Zara fort. Sie hatte jetzt eine Webseite über Märchen und Sagen aufgerufen. »Gemäß der nordischen Mythologie befindet sich irgendwo in diesem Gebirge der Zugang nach Jotünheim, einem Ort,

an dem seit der Schöpfung der Welt durch Odin, den höchsten der nordischen Götter, das Volk der Reifriesen haust.«

Endlich klingelte es bei mir, und ich winkte ab. »Weiß ich alles.«

Meine Cousine starrte mich überrascht an.

»Der Mächtige Thor«, sagte ich nur. Als das Fragezeichen in ihrem Gesicht noch größer wurde, fügte ich hinzu: »Du solltest deine Nase ab und zu mal in einen guten Comic stecken. Das bildet.«

»Wenn Stígandr wirklich ein Schamane war, würde es Sinn machen, dass er einen Teil seines Lebens in der Nähe dieses mythologisch bedeutungsvollen Ortes verbracht hat.« Zara schloss das Netbook und lehnte sich zurück. »Die Spur führt also nach Lom. Dort sehen wir weiter.«

Eine Flugbegleiterin eilte mit einer Schale Wasser und einem Armvoll Handtücher den Gang entlang. Sie hatte es so eilig, dass sie dem stämmigen roten Bein, das unvermittelt aus der Lücke zwischen zwei Sitzreihen hervorschoss, nicht einmal hätte ausweichen können, wenn sie es gesehen hätte.

Eine Sekunde später befand sich das Wasser nicht mehr in der Schüssel, sondern im Gesicht einer älteren Dame mit spitzer Hornbrille. Die Hostess befand sich nicht mehr im Mittelgang, sondern der Länge nach auf dem Schoß eines unfassbar dicken Mannes, dem dies gar nicht so schlecht zu gefallen schien. Grinsend half er der jungen Frau auf, wobei er ihr unauffällig mit einer fetten Hand an den Hintern packte.

Ein elektronischer Gong übertönte Asmoduins gackerndes Gelächter. Über den Sitzen leuchteten »Bitte anschnallen«-Zeichen auf. Sekunden später verkündete die Stimme des Piloten aus den Lautsprechern, dass er in wenigen Minuten mit dem Landeanflug beginnen würde.

Mit einem erneuten »Huiiiiii!« erklomm Asmoduin die Lehnen zweier Sitze und stellte sich nach Art der Surfer mit ausgebreiteten Armen darauf.

Ich schloss die Augen in der festen Absicht, die verbleibenden Minuten, bis wir uns wieder um den höllischen Plagegeist kümmern mussten, so gut es ging zu genießen.

»Galgen und Guillotine«, tönte Asmoduin wenig später voller Begeisterung. »Fliegen ist spitze!«

Die Maschine war mittlerweile gelandet, wir befanden uns auf dem Weg zur Gepäckausgabe.

»Eine verfluchte Schande, dass wir in Hel keine Boingos haben …«

»Das Flugzeugmodell heißt *Boeing*«, versuchte ich klarzustellen.

»… aber im Erdinnern ist leider kein Platz, um mit riesigen Stahlvögeln durch die Gegend zu fliegen«, fuhr Asmoduin unbeeindruckt fort.

Ich klappte den Mund zu und schwieg, bis wir das halbkreisförmige Transportband erreichten. Erste Gepäckstücke rollten bereits durch eine mit Gummi verhangene Frachtluke aus unserer Maschine ins Freie. Eine Traube von Mitreisenden stand dicht gedrängt um das Band und wartete auf ihre Koffer. Auffallend viele hatten klebrige Essensreste auf der Kleidung oder Beulen an Stirn oder Hinterkopf.

»Was soll das? Warum stehen die so dämlich in der Gegend rum?«, wollte Asmoduin wissen.

»Sie warten darauf, dass ihre Taschen aus dem Frachtraum des Flugzeugs kommen«, erklärte ihm Zara.

Asmoduin dachte ungefähr eine Sekunde darüber nach, dann sagte er: »Das ist langweilig!« Mit einem Satz sprang er auf das Transportband und verschwand hinter dem schwarzen Gummivorhang.

Augenblicke später ertönte von der anderen Seite des Sichtschutzes eine Reihe quietschender und krachender Laute. Es klang ziemlich genau so, wie ich mir vorstellte, dass sich Kofferschlösser anhörten, die von scharfen Teufelszähnen zerbissen wurden.

Rasch zeigte sich, wie richtig ich gelegen hatte. Anstatt Gepäckstücke auszuspucken, förderte das Band plötzlich stapelweise Unterhosen ins Freie, weiterhin Pullover, Jacken, Föhns, Bücher und Kulturbeutel.

Wütender Tumult erhob sich. Obwohl niemand wissen konnte, dass es *unser* Begleiter war, der auf der anderen Seite der Ausgabeluke voller Inbrunst Koffer und Taschen aufriss und ihren Inhalt durch die Gegend schleuderte, rückten Zara und ich unbewusst ein wenig von der Menge ab.

Zum Glück fiel niemandem auf, dass es ausgerechnet unsere Koffer waren, die einige Minuten später das Laufband entlanggerollt kamen – als einzige unbeschadet und ordnungsgemäß verschlossen. Wir schnappten sie und beeilten uns, von dem Chaos fortzukommen, dicht gefolgt von einem leicht außer Atem geratenen, dafür umso alberner kichernden Jungteufel.

Als Nächstes steuerten wir den Stand einer Autovermietung an. Zara hatte vom Flieger aus eine Limousine mit Chauffeur für uns reserviert. Wenig später waren alle Formalitäten geklärt, die Kreditkarte durch den Schlitz gezogen, und wir hielten auf den Ausgang zu.

Die automatische Tür glitt auf, und ein schneidender Windstoß fuhr uns ins Gesicht. Zwar herrschte in Norwegen Sommer, genau wie bei uns zu Hause, aber es war entschieden kühler. Zara und ich hatten das vorausgeahnt und für die Reise herbstliche Garderobe gewählt. Asmoduin, wie üblich nur mit einer Latzhose bekleidet, wurde von dem klimatischen Wechsel dagegen völlig überrascht.

»Vulkanausbruch und Bombenhagel!« Den Kopf tief zwischen die Schultern gezogen, wetzte er zurück in die windgeschützte Vorhalle. »Wollt ihr mich umbringen? Keine zehn Magmadämonen bringen mich hinaus in diese Todeskälte!«

Das war ein gewisses Problem. Für wärmeres Wetter konnten wir nicht sorgen, im Gegenteil: Unser Weg versprach uns weiter nach Norden zu führen, wo es sogar noch kühler werden konnte.

Die rettende Idee kam, wie so oft, von Zara. »Mir nach!«, befahl sie und rannte mit wehenden Haaren zurück in den Einkaufsbereich des Flughafens, wo es vor Kiosken, Imbissständen und Läden nur so wimmelte.

Rasch fand sie, was sie suchte: ein Bekleidungsgeschäft. In der Abteilung für Vorschulkinder zog sie mit geübten Griffen einen dick gefütterten Parka, einen meterlangen Wollschal und eine knallrote Bommelmütze aus dem Regal. Bevor ich es mich versah, hatte sie bezahlt und forderte Asmoduin auf, ihr in eine sichtgeschützte Ecke zu folgen.

Als sie dem widerspenstigen kleinen Teufel die Jacke überstreifte, zeigte sich, dass meine Cousine ein echter Profi im Klamottenshop-

pen war: Der Parka passte wie angegossen, und der Schal, den sie, Asmoduins Flüche ignorierend, mehrfach um seinen Hals wickelte, harmonierte farblich ebenfalls hervorragend. Zu guter Letzt zog sie ihm die Bommelmütze über den Kopf, wobei sie sorgfältig darauf achtete, sein noch nicht durchgebrochenes, von straff gespannter Haut bedecktes Gehörn freizulassen.

»So«, sagte sie und trat zufrieden zurück. »Fertig.«

Asmoduins Umriss flimmerte, als er sich vollständig sichtbar machte, um sein Aussehen in einem nahen Schaufenster zu überprüfen. Seine Augen weiteten sich. Dann zuckten seine Mundwinkel in die Höhe. »Rattenkot und Mäusedung – ich sehe ja *spitze* aus!« Geziert zupfte er an dem Schal herum, schob die Mütze auf seinem Kopf eine Winzigkeit hierhin und dorthin. »Bei Shaitans eingewachsenen Fußnägeln! Ich muss der attraktivste Teufel von ganz Hel sein. So gut, wie ich aussehe, könnte man glatt …«

»Wenn wir nicht allmählich in die Gänge kommen, bist du vielleicht schon bald der *letzte* Teufel von ganz Hel!« Ich packte ihn am Arm, Zara schnappte sich den anderen, und mit vereinten Kräften zerrten wir den eitlen Höllenspross von dannen.

Auf dem Parkplatz fanden wir einen riesigen Mercedes nebst einem nicht minder riesigen, blonden Mann vor, der bereits auf uns wartete. Erleichtert stellten wir fest, dass Asmoduins Sichtschutz nicht nur ihn selbst vor den Blicken Neugieriger verbarg, sondern auch alle Dinge, die er am Leib trug. Während Zara einige Worte auf Englisch mit dem Fahrer wechselte, hielt ich unauffällig eine der hinteren Türen auf, damit Asmoduin in den Wagen klettern konnte.

Als der Chauffeur, der auf den Namen Bengt hörte, unser Fahrtziel erfuhr, machte er zunächst große Augen. Da er nach Kilometern bezahlt wurde, verwandelte sich seine Überraschung allerdings rasch in Freude. Grinsend schwang er sich hinter das Lenkrad, und die schwere Karosse rollte los, Richtung Norden.

Die rund fünfstündige Fahrt gestaltete sich deutlich weniger erholsam als der Flug. Zwar ließ Asmoduin sich irgendwann dazu überreden, nicht ständig auf der Rückbank herumzuhopsen, die er sich mit mir teilte, und auch seine – glücklicherweise nur für uns hörbare – grässliche Singerei stellte er ein, dafür waren die schätzungsweise fünfzig Beutel Erdnüsse, die er im Flieger verdrückt hatte, nicht spurlos an seiner Verdauung vorübergegangen. Kurz nach der Abfahrt begann uns der Höllenspross mit wahrhaft höllischen Blähungen zu erfreuen. Neben den unerfreulichen Geräuschen, die er dabei von sich gab, sorgte der anhaltende Gasausstoß dafür, dass wir einen Großteil der Fahrt mit geöffneten Fenstern und voll aufgedrehter Heizung zurücklegen mussten – draußen wurde es mit fortschreitender Abendstunde nämlich immer kälter. Vor allem Zara war die Situation mehr als peinlich, musste Bengt doch annehmen, dass einer von uns die ganze Zeit zum Steinerweichen vor sich hinpupste.

Um den hyperaktiven Jungteufel für den Rest der Fahrt zu beschäftigen, reichte sie mir irgendwann ihr Netbook nach hinten. Ich klickte einen der zahlreichen Actionfilme an, von denen meine Cousine dank ihrer Freundin Mel immer die neuesten auf der Festplatte gespeichert hat. Dann reichte ich Asmoduin ein Paar Ohrstöpsel und drehte die Lautstärke bis zum Anschlag auf.

Der Plan ging auf: Den Rest der Fahrt verbrachte der Jungteufel schweigend auf seinen vier Buchstaben, fasziniert von dem Feuerwerk an Schießereien und Autoverfolgungsjagden, das vor ihm über den kleinen Monitor flackerte.

Ungefähr drei Stunden lang ging es über eine gut ausgebaute Autobahn quer durch gebirgige dunkle Tannenwälder. Da ich kein Wort Norwegisch verstand, halfen mir die Schilder am Rand der Fahrbahn nicht wirklich bei der Orientierung. Allein das Wort »Lillehammer« kannte ich. In diesem Ort waren irgendwann einmal die olympischen Winterspiele ausgetragen worden.

Als die Dämmerung hereinbrach, bog Bengt von der Autobahn ab und steuerte den Mercedes eine gewundene Landstraße entlang. Die Berge zu beiden Seiten der Piste wurden höher und düsterer. Zumindest kam es mir im schwindenden Licht so vor.

Irgendwann nickte ich ein. Ich erwachte erst wieder, als Bengt auf Englisch verkündete, dass wir am Ziel seien.

Ich schlug die Augen auf – und stutzte. Von Zara wusste ich, dass Lom nicht mehr als ein Dorf am Rand des Gebirges war. Dass es sich allerdings um ein echtes Kuhkaff handeln würde, hatte ich nicht erwartet.

In weitem Umkreis der Pension, vor der Bengt gehalten hatte, ließen sich bestenfalls ein Dutzend Gebäude ausmachen. Keines war höher als zwei Stockwerke, die Fassaden bestanden aus dunklem, mit Schnitzwerk verziertem Holz. Die Straßen waren menschenleer.

Genau so hatte ich mir den Arsch der Welt immer vorgestellt.

Zara bedankte sich bei Bengt und vereinbarte, dass sie sich wieder beim Limousinenservice melden würde, sobald wir zurück nach Oslo wollten. Wir holten unser Gepäck aus dem Kofferraum, und wenige Augenblicke später waren wir allein.

Die *Pensjon Knekkebrød* war die einzige in Lom, wie wir an der Rezeption erfuhren. Zum Glück hatte die Wirtin noch ein Doppelzimmer frei, was jetzt, während der Wandersaison, einem Wunder gleichkam, wie sie uns mitteilte. Mit letzter Kraft schleppten wir uns und unsere Koffer eine knarzende Holztreppe hinauf.

Das Zimmer war einfach ausgestattet, mit schmucklosen Holzmöbeln und Vorhängen mit bäuerlichen Motiven. Was mich im Augenblick allerdings am meisten interessierte, waren die beiden großen, einladenden Doppelbetten.

Stöhnend ließ ich meinen Koffer zu Boden poltern. »Was für eine Plackerei! Hätte mir vorher jemand gesagt, dass es so anstrengend sein würde, die Welt zu retten, ich hätte es mir zweimal überlegt.«

»Hättest du nicht.« Zara nahm durch die Tür das Bad in Augenschein. »Nicht gerade das Hilton«, erklärte sie mit gerunzelter Stirn, »aber für ein paar Tage sollte es gehen.«

»Wie sieht unser Plan aus?«, wollte ich wissen. »Hast du schon eine Idee, wo wir mit der Suche beginnen können?«

Zara schüttelte müde den Kopf. »Das entscheiden wir morgen. Ich brauche jetzt erst mal eine Mütze Schönheitsschlaf.« Sie drehte sich um. »Lass mal sehen, wer welches Bett …«

Doch diese Frage hatte sich bereits von allein beantwortet. Im linken der beiden Doppelbetten – exakt in der Mitte, Arme und Beine in alle Himmelsrichtungen ausgestreckt wie ein Seestern – lag eine

gedrungene Gestalt in Parka und Bommelmütze und schnarchte, dass die Butzenglasscheiben im Fensterrahmen nur so vibrierten.

Ich seufzte. »Sieht aus, als müssten wir uns heute Nacht ein Doppelbett teilen, Cousinchen.«

KAPITEL 4
in dem ein ernstes Wörtchen gesprochen und ein Blick in die finstere Vergangenheit geworfen wird

Die Nacht gestaltete sich bei Weitem nicht so erholsam, wie ich es mir gewünscht hätte. Das lag zum einen an Asmoduin, der nahezu zehn Stunden lang unausgesetzt ein wahrhaft unmenschliches Schnarchkonzert von sich gab. Die Laute, die seine Nase und seinen selig vor sich hinsabbernden Mund verließen, erweckten den Eindruck, ein dreißig Tonnen schwerer Diplodocus hauche irgendwo in der Dunkelheit unter enormen Qualen sein Leben aus.

Aber auch meine Cousine trug ihren Teil dazu bei, dass mir diese Nacht noch länger im Gedächtnis bleiben würde. Als einziges Kind reicher Eltern war sie daran gewöhnt, ein Bett im King-Size-Format für sich allein zu haben, gegen das sich dieses wie ein Spielzeug ausnahm. Als Folge davon hatte Zara nie gelernt, beim Schlafen auf einer Seite der Matratze zu bleiben. Alle zehn Minuten hatte ich einen ihrer Arme im Gesicht, eines ihrer Knie in der Seite oder einen ihrer Füße irgendwo anders, wo er nicht hingehörte. Gegen vier Uhr morgens gab ich auf. Ich schnappte mir Kissen und Decke und verzog mich genervt ins Bad, wo ich in der Badewanne wenigstens noch ein paar Stunden mehr oder weniger ungestörten Schlaf abbekam.

Als wir am späten Morgen in den Frühstücksraum der Pension hinunterkamen – zwei von uns sichtbar, einer unsichtbar –, waren wir die Einzigen. Die übrigen Gäste schienen allesamt vor uns aufgestan-

den und zu irgendwelchen Trekkingtouren oder sonstigen sportlichen Aktivitäten aufgebrochen zu sein. Das Frühstücksbuffet war jedenfalls noch reich bestückt.

Zara und ich nahmen an einem kleinen Tisch Platz. Asmoduin dagegen interpretierte die mehrere Meter lange Tafel mit Essbarem so, als sei sie allein für ihn aufgestellt worden. Im Schneidersitz ließ er sich zwischen Wurstplatten, gekochten Eiern und Obstschalen nieder und begann, sich vollzustopfen, als gäbe es kein Morgen.

Wir versuchten, uns von seinem lautstarken Schmatzen und Rülpsen nicht stören zu lassen, was uns einigermaßen gelang. Deutlich schwieriger war es, den Hagel von Cornflakes zu ignorieren, der in unregelmäßigen Abständen aus Richtung Buffet auf uns niederprasselte. Rasch war kullerndes Obst zwischen unseren Füßen, und ein ums andere Mal mussten wir dicken Klacksen Joghurt ausweichen, die Asmoduin mit der Schöpfkelle wie mit einem Katapult quer durch den Raum feuerte.

Als Frau Margitta, die stämmige Pensionswirtin, ein paar Minuten später auftauchte, um Zara und mir Kakao zu bringen, sah das Speisezimmer aus, als habe eine Bombe eingeschlagen. Mit offenem Mund starrte die Eigentümerin die Bescherung an. Kaum hatte sie ihre Fassung wiedergewonnen, schoss sie, die zwei dampfenden Kännchen noch in den Händen, auf uns zu und begann, uns in einer Mischung aus Englisch und Norwegisch den Kopf zu waschen. Kaum verwunderlich, denn in ihren Augen waren Zara und ich verantwortlich für dieses Chaos.

Frau Margittas Englisch war mäßig, genau wie meines, weshalb ich nicht allzu viel von dem Donnerwetter verstand. Den anklagenden

Blicken, mit denen sie mich immer wieder bedachte, entnahm ich jedoch, dass sie mich für den Hauptübeltäter hielt. Logisch: Kein geistig gesunder Mensch würde einem Hungerhaken wie meiner Cousine zutrauen, nahezu das ganze Buffet abzuräumen.

Als der entrüstete Wortschwall endlich nachließ, wies mein Kopf ungefähr die Farbe einer vollreifen Safttomate auf. Stammelnd rang ich nach Worten. Da hob Zara plötzlich die Stimme und entschuldigte sich in unser beider Namen. Souverän zückte sie ihre goldene Kreditkarte und erklärte, dass wir sowohl für sämtliche verzehrten Speisen als auch für die Reinigung des Frühstücksraumes aufkommen würden. Besänftigt zog Frau Margitta von dannen, während ich meine Cousine einmal mehr mit einem dankbaren Blick bedachte.

Wir beendeten unser Frühstück schweigend. Zara, weil es nicht ihrer Natur entsprach, sich lautstark über Dinge aufzuregen, ich, weil ich fürchtete, ich könnte einen Schlaganfall erleiden, wenn ich jetzt losbrüllte.

Erst zurück auf dem Zimmer machte ich meiner Entrüstung Luft: »Spinnst du eigentlich?«, fuhr ich unseren gehörnten Begleiter an, der sich, seinen bedenklich aufgeblähten Bauch mit beiden Händen umklammernd, aufs Bett hatte sinken lassen. »Kannst du dich nicht *einmal* normal aufführen? Vielleicht ist es dir noch nicht aufgefallen, aber weder Zara noch ich sind volljährig. Wir sind allein unterwegs in einem fremden Land. Wenn du dich nicht zusammenreißt, wird uns dein kindisches Verhalten über kurz oder lang in Teufels Küche bringen …« Zu spät fiel mir auf, dass diese Formulierung im aktuellen Zusammenhang ein wenig irreführend klang. »Ohne Zaras Englischkenntnisse und die Kreditkarte ihres Dads hätten wir richtig

Ärger bekommen. Dabei ist der Tag gerade mal eine halbe Stunde alt!«

Asmoduin machte ein gequältes Gesicht. »Du musst das verstehen, Schwabbel. Ich bin so eine Verantwortung, wie sie momentan auf mir lastet, nicht gewohnt. Sie macht mich nervös. Mit meiner Anspannung muss ich irgendwohin, und Essen hilft da erfahrungsgemäß am besten«

»Was für eine Verantwortung?«, wollte ich wissen.

Der kleine Teufel schloss theatralisch die Augen. »Hühnerauge und Fußpilz! Immerhin muss ich die verdammte Welt retten, oder nicht?«

Zara, die bisher nichts zu all dem gesagt hatte, nahm behutsam auf der Kante des Bettes Platz. »Wie ich die Sache sehe, verhält es sich ein wenig anders«, widersprach sie. »Da es nicht nur um Hel, sondern auch um den Rest der Erde geht, lastet auf uns mindestens genauso viel Verantwortung. Eigentlich sogar noch mehr als auf dir, da nur Bob und ich uns hier oben auskennen und bei der Suche nach Stígandrs Hinterlassenschaften kaum auf deine Hilfe zählen können.« Sie sah Asmoduin durchdringend an. »Wenn du nicht aufhörst, uns durch dein Verhalten ständig in die Bredouille zu bringen, sehe ich ehrlich gesagt keine Chance, den Gegenzauber je ausfindig zu machen.« Nach wie vor sprach sie leise und ohne die Stimme zu heben – eine bemerkenswerte Leistung, hatte sie sich doch mindestens so sehr geärgert wie ich. »Entweder du versprichst hier und jetzt, dich für die Zeit unseres Aufenthaltes in Norwegen anständig zu benehmen, oder wir packen unser Zeug und nehmen den nächsten Flug nach Hause.«

Asmoduin starrte meine Cousine mit herabhängendem Unterkiefer an. »Aber das … wir müssen doch … ihr könnt nicht …« Er brach ab und warf mir einen Hilfe suchenden Blick zu. Doch ich verschränkte lediglich die Arme vor der Brust.

Während der folgenden Sekunden konnte man deutlich sehen, wie es hinter der Stirn des kleinen Teufels arbeitete. Falls er davon ausgegangen war, wir würden die ganze Arbeit für ihn erledigen, während er sich ein paar schöne Urlaubstage in der Oberwelt machte, musste er spätestens jetzt einsehen, dass er sich getäuscht hatte. Und wie ich ihn kannte, bereitete ihm die Aussicht, in die Unterwelt zurückkehren zu müssen und zuzugeben, dass er gescheitert war, mindestens ebenso viel Bauchweh wie die auf das anschließende unaufhaltsame Ende der Welt.

Sein rotes Mondgesicht wurde ernst. »Du hast recht«, gab er zu. »Wir müssen alle an einem Strang ziehen, sonst ist es Gülle mit der Rettung der Erde. Jeder tut, was er kann, um den dämlichen Gegenzauber zu finden … auch wenn das im Fall von Schwabbel hier vermutlich nicht allzu viel sein wird.«

Ich holte tief Luft. »Vielleicht könntest du dann mal etwas Teamgeist zeigen und endlich aufhören, mich ›Schwabbel‹ zu nennen?«

Asmoduin nickte huldvoll. »Das ist überhaupt kein Problem, Schwabbel. Ich habe mich und meine Ausdrucksweise in jeder Sekunde voll im Griff. Bin schließlich kein intellektuelles Pantoffeltierchen, so wie du.«

»Also dann!« Zara sprang auf, bevor ich mich erneut aufregen konnte. »Lasst uns zusehen, dass wir endlich etwas über diesen ominösen Schamanen herausfinden.«

Von Frau Margitta erfuhren wir, dass im Dorf ein volkskundliches Museum existierte, das *Hjemstedmuseum Lom*. Angeblich gab es dort allerlei Exponate aus der umliegenden Region zu bewundern, die zum Teil viele Hundert Jahre alt waren – ein idealer Ansatzpunkt für unsere Suche. Wir ließen uns den Weg beschreiben und brachen auf.

Der Rest von Lom erwies sich als kaum spektakulärer als das, was wir am Vorabend bereits gesehen hatten: hölzerne Gebäude und leere Straßen, ab und zu ein paar Touristen in Wanderkleidung oder ein Reisebus, gefüllt mit noch mehr Touristen in Wanderkleidung. Die Berggipfel, die dunkel und unheilschwanger rings um das Dorf aufragten, tauchten weite Teile des Dorfes in tiefe Schatten.

Während Zara und ich uns mit mäßigem Interesse umsahen, stapfte Asmoduin schweigend hinter uns her, die Hände in den Taschen seines Parkas vergraben, den Blick unter der roten Bommelmütze heraus starr zu Boden gerichtet. Es überraschte mich, dass er sich unsere Unterredung in der Pension tatsächlich zu Herzen genommen zu haben schien und sich einigermaßen anständig benahm. Nach einer Weile jedoch vernahm ich hinter mir das Klappern spitzer Teufelszähne, und mir dämmerte, dass wir die ungewöhnliche Passivität unseres Begleiters vorrangig der hiesigen Kälte zu verdanken hatten.

Das *Hjemstedmuseum* entpuppte sich als eingeschossiges Holzhaus in einer schattigen Seitenstraße. Die Türpfosten waren mit gammeligen Holzschnitzereien verziert, darüber baumelte ein Schild mit einem wenig überzeugend gemalten Drachenkopf. Alles in allem wirkte das Haus nicht gerade einladend, aber da es unseren bislang einzigen Anhaltspunkt darstellte, blieb uns keine Wahl. Wir traten ein.

Im Innern empfing uns ein kleiner Vorraum mit holzverkleideten Wänden, an denen staubige Tierfelle und meterlange Tabakspfeifen hingen. Die Luft roch, als hätte jemand hier drin vor hundert Jahren einmal eine Wagenladung Katenschinken geräuchert und seitdem nie wieder gelüftet. Eine Durchreiche in der rechten Wand gab den Blick frei auf ein enges Kabuff. Eine kleine, kugelrunde Frau saß dort an einem Tisch, eine Teetasse vor sich, und las in einem Buch. Ihr Haar war schlohweiß und auf ihrem Kopf zu einer Art Turm geknotet. Ein Schild mit der Aufschrift HJERTELIG VELKOMMEN stand auf der Durchreiche.

Die Frau hatte unser Eintreten offenbar nicht bemerkt, jedenfalls sah sie nicht von ihrer Lektüre auf. Ich räusperte mich hörbar, doch wiederum erfolgte keine Reaktion. Erst als Asmoduin krächzte: »Krötensud und Schneckenschleim! *Kundschaft*, du olle Schabracke!«, hob sie den Kopf. Fragend starrte sie uns durch fingerdicke Brillengläser an und sagte etwas auf Norwegisch, das ich nicht verstand.

Zara erklärte auf Englisch, woher wir kamen und dass wir das Museum besichtigen wollten. Als die alte Dame sie nur fragend ansah, wiederholte sie ihre Worte ungefähr doppelt so laut. Endlich hellte sich das runzlige Gesicht der Frau auf.

»Herrje«, murmelte Asmoduin neben mir. »Die Alte ist ja schwerhöriger als mein Schwiegeronkel Sulphuriak. Und der hat sich über achthundert Jahre lang täglich das Ohrenschmalz mit dem Korkenzieher rausgepult.«

»Herzlich willkommen im Heimatmuseum von Lom«, sagte die Frau unvermittelt. Sie erhob sich und trat lächelnd an das Fenster. »Ihr müsst entschuldigen, aber ich habe euch nicht hereinkommen hören. Meine Ohren sind nicht mehr die besten.« Sie zwinkerte entschuldigend.

»Sie … Wie kommt es, dass Sie unsere Sprache beherrschen?«, erkundigte ich mich verblüfft.

Die alte Dame winkte ab. »Eine von sechs oder sieben, die ich in den vergangenen dreißig Jahren von den Touristen gelernt habe, die unser Museum besuchten.« Sie seufzte. »Seit ein paar Jahren bleiben sie allerdings aus. Und diejenigen, die noch nach Lom kommen, sind mehr an Trekking und Bergsteigen interessiert.«

»*Wir* würden uns Ihr Museum sehr gern anschauen«, erklärte Zara und zückte ihr Portemonnaie, das sie zum Glück am Flughafen mit norwegischen Kronen aus einem Geldautomaten gefüllt hatte. »Drei- … ich meine: zweimal, bitte.«

Die Alte kassierte uns ab, bevor sie schlurfend an ihren Tisch zurückkehrte. »Meldet euch ruhig, wenn ihr Fragen habt. Kaum einer kennt die Geschichte dieser Region besser als die alte Frida.«

Wir bedankten uns und betraten den ersten Ausstellungsraum. Hier roch es noch muffiger als im Eingangsbereich, die hölzernen Wandpanele schienen den schlechten Atem jedes einzelnen Besuchers gespeichert zu haben. Die wenigen, viel zu kleinen Fenster lagen allesamt zum Gebirge hin und waren mit Staub verkrustet. Es herrschte ein diesiges Zwielicht.

»Schädelbruch und Attentat!« Kopfschüttelnd sah sich Asmoduin um. »Vielleicht hätte die Alte in den letzten dreißig Jahren ab und zu mal die Fenster putzen sollen, anstatt ihre Runkelrübe in Bücher zu stecken.«

Ein rascher Rundblick verriet uns, dass wir hier nicht fündig werden würden: Sägen, Pflüge und anderes historisches Werkzeug, mehrere Webstühle sowie die Einrichtung einer über hundert Jahre alten Apotheke ließen erkennen, dass dieser Raum traditionellen Berufen aus der Region und ihrem Wandel im Laufe der Zeit gewidmet war. Wir hielten uns nicht lange auf und betraten den angrenzenden Raum.

Hier gab es den Nachbau eines historischen Wohn- und Schlafzimmers zu bewundern, einen steinernen Herd mit gusseisernen Töpfen und Pfannen sowie haufenweise primitives, aus Holz geschnitztes Spielzeug.

»Das ist alles viel zu modern, höchstens hundert oder zweihundert Jahre alt.« Ungeduldig durchquerte Zara auch diesen Raum. »Stígandr lebte vor rund 1400 Jahren. Hoffentlich reicht diese Ausstellung überhaupt so weit in die Vergangenheit zurück.«

»Und wenn das nicht der Fall ist?«, erkundigte ich mich vorsichtig.

Ohne zu antworten, trat Zara durch die nächste Verbindungstür.

Im Raum dahinter herrschte eine ganz andere Atmosphäre. Die Wände waren mit Tierfellen dekoriert, es gab dicke, bis zur Decke reichende Holzpfähle voller Schnitzwerk – fremdartige Tiergestalten, dämonische Fratzen und so weiter. In einer Ecke war eine fast steinzeitlich anmutende Feuerstelle nachgebaut, ringsherum lagen steinerne Amulette, Knochen und Schalen mit farbigen Pülverchen verteilt.

»Hier gefällt's mir«, tönte Asmoduin. Er sprang auf einen der unheimlichen Totempfähle und kletterte wie ein Affe zur Spitze hinauf. »Der Typ hier sieht aus wie mein Ururgroßonkel mütterlicherseits, Scharlachian der Hungrige.« Er deutete auf eine Fratze unter sich, deren aufgerissenes Maul vor dolchartigen Zähnen wimmelte. »Bei einem seiner seltenen Ausflüge in die Oberwelt im Jahre 1129 soll er sage und schreibe achthundertneunzehn Sterbliche verschlungen haben. Auf einen Streich!«

»Ich glaube, hier sind wir richtig.« Zara war vor einer Informationstafel stehen geblieben, die an der Wand neben der Feuerstelle hing. »Dieser Raum ist frühen Naturreligionen gewidmet. Geistern und Göttern, die die Menschen Skandinaviens vor Urzeiten angebetet haben.«

Ich trat neben sie. Die Texte auf der Tafel waren in Norwegisch, Englisch und aus irgendeinem Grund in Französisch abgefasst. »Irgendwas über Schamanen?«, erkundigte ich mich.

»Warte … Ja, hier: *Schamanen oder Medizinmänner, wie sie auch genannt wurden, waren dafür bekannt, dass sie sich durch Verwendung bewusstseinserweiternder Substanzen in tranceähnliche Zustände versetzen konnten. So war es ihnen möglich, mit der Welt der Geister und Götter zu kommunizieren*«, übersetzte sie zögernd.

Ich hob die Brauen. »Du meinst, sie haben gekifft und sich anschließend eingebildet, mit Thor und Odin und anderen Göttern palavern zu können?«

»So ähnlich. Offenbar verfügten manche Schamanen aber darüber hinaus über außergewöhnliche medizinische und naturwissenschaftliche Kenntnisse.« Zara las ein paar Absätze weiter. Im Hintergrund quietschte es, als Asmoduin von einem Holzpfahl zum nächsten hopste. So viel zum Thema: *Wir müssen alle an einem Strang ziehen.*

Plötzlich fuhr Zaras Zeigefinger hoch und deutete auf eine Textstelle im unteren Drittel der Tafel. »Hier wird Stígandr namentlich erwähnt!«

»Echt?« Ich schob mir die Brille auf der Nase hoch und verengte die Augen. Doch bereits nach wenigen Worten wurde mir bewusst, dass die Vier in Englisch, die ich im letzten Abschlusszeugnis nach zähen Verhandlungen mit Mrs Malk rausgehauen hatte, meine Kenntnisse in dieser Sprache doch erheblich beschönigte. »Was, äh … was wird über ihn gesagt?«

»Ein besonders umfassend gebildeter Schamane soll, frühen Aufzeichnungen zufolge, gegen Ende des sechsten Jahrhunderts in Lom gelebt haben«, übersetzte Zara aufgeregt. *»Stígandr wurden unter anderem herausragende Fähigkeiten auf dem Gebiet der Totenbeschwörung zugesprochen. So soll er regelmäßig für Bürger des Dorfes Kontakt zu verstorbenen Verwandten aufgenommen und Botschaften aus dem Jenseits für sie übermittelt haben.«*

»Botschaften aus dem Jenseits?« Asmoduin hatte seine Klettertour beendet und drängelte sich ungestüm zwischen Zara und mich, um einen Blick auf die ausgestellten Objekte zu erhaschen. »So ein Humbug! Wenn eine Seele erst mal in den Folterfabriken Hels angekommen ist, hört man von ihr nie wieder einen Ton! Wäre ja noch schöner, wenn es dort Telefon gäbe oder …«

Ohne hinzusehen, packte ich die Bommelmütze auf beiden Seiten des Stummelgehörns und zog sie dem Jungteufel über beide Ohren

tief ins Gesicht. Die Taktik hatte den gewünschten Erfolg: Asmoduin hielt die Klappe. Zumindest für den Moment.

»In späteren Jahren wurden Stígandr, vermutlich aufgrund seiner überdurchschnittlichen Bildung, schwarzmagische Fähigkeiten nachgesagt. Die Bevölkerung begann, ihn zu meiden. Als um das Jahr 660 das Gerücht aufkam, er habe sich mit den Mächten der Finsternis eingelassen, wurde der Gelehrte trotz seines hohen Alters gezwungen, das Dorf zu verlassen.«

»Atompilz und Kieferbruch!« Mühsam befreite sich Asmoduin von seiner Kopfbedeckung. »Um das Jahr 660, sagst du? Das wäre ungefähr die Zeit, in der ihm Minister Diavliç angeblich den verfluchten Frostzauber abgekauft hat. Was schreiben sie weiter? Wohin ging Stiggy, nachdem sie ihn aus dem Kaff rausgeschmissen hatten?«

Doch Zara hatte das Ende des Textes erreicht. Enttäuscht ließ sie die Hand sinken. »Keine Ahnung. Das war alles.«

»Wie, das war alles?« Asmoduin glotzte sie dümmlich an.

»Mehr steht da nicht.«

»Aber wie sollen wir denn dann herausfinden, was Stígandr in den letzten Jahren seines Lebens getrieben hat?« Ich versuchte, die Gänsehaut zu ignorieren, die sich auf meinem Rücken breitmachte. »Wenn wir seine Hinterlassenschaften aufspüren wollen, müssen wir wissen, wohin er von hier aus gegangen ist.«

»Meine Worte, Schwabbel!« Asmoduin zerrte die merkwürdige Uhr aus einer Tasche seines Parkas und warf einen Blick darauf. »Und dazu bleiben uns nur noch knapp vier Tage!«

Zara wandte sich ab und inspizierte die restlichen Diagramme und Texttafeln des kleinen Raumes. Als sie nichts mehr von Interesse fand, eilte sie ein Zimmer weiter. Ich folgte ihr, erkannte jedoch schon an der Tür, dass wir hier keine nützlichen Informationen mehr finden würden. Der letzte der Ausstellungsräume war vollgestopft mit hässlichen Strickpullovern, primitiven Schlitten und Skiern, Steingutgeschirr und anderen sterbenslangweiligen Beispielen für skandinavisches Kunsthandwerk.

Der Gedanke, wir könnten in einer Sackgasse angelangt sein, ließ mir die Knie weich werden. Waren wir umsonst nach Norwegen gereist? War die Erde dem Untergang geweiht, nur weil jemand versäumt hatte aufzuschreiben, wohin der verschrobene Kauz seinerzeit ausgewandert war?

»Noch ist nicht aller Tage Abend«, versuchte Zara, die Stimmung zu heben. »Bestimmt gibt es in Lom eine Gemeindebibliothek. Dort müsste es Aufzeichnungen über berühmte Söhne der Stadt geben. Vielleicht auch über Stígandr.«

Ich schüttelte matt den Kopf. »Falls es diese Dokumente tatsächlich gibt, sind sie alle auf Norwegisch. Wie sollen wir die …«

Zara ließ mich nicht ausreden. Energisch stapfte sie an mir und Asmoduin vorbei Richtung Ausgang. Ich folgte ihr mit hängenden Schultern.

Als wir das Foyer durchquerten, sah die alte Frau auf der anderen Seite des Kassenfensters mit fragendem Gesicht von ihrem Buch auf. »Was ist denn mit euch los? Mit so langen Gesichtern hat in den vergangenen dreißig Jahren noch niemand unser Museum verlassen.«

Zara ignorierte sie und steuerte auf die Tür zu.

»Wir haben nicht gefunden, wonach wir gesucht haben«, erklärte ich der Kassiererin. Als ihre Brauen fragend in die Höhe fuhren,

wiederholte ich lauter: »WIR HABEN NICHT GEFUNDEN, WONACH WIR GESUCHT HABEN!«

»... genau wie mein Schwiegeronkel Sulphuriak«, murmelte Asmoduin im Hintergrund.

»Und wonach habt ihr gesucht, wenn ich fragen darf?«

Zara drückte bereits die Türklinke herunter.

»Nach Aufzeichnungen über das Leben eines Schamanen namens Stígandr, der hier einst gelebt haben soll«, gab ich lustlos Auskunft. »Aber wir haben nur eine kurze Erwähnung seiner Person gefunden. Kein Wort darüber, was er in den letzten Jahren seines Lebens angestellt hat.«

Frida starrte mich durch ihre winzigen Brillengläser an. Plötzlich verzog sich ihr runzliges Gesicht, und sie begann zu lachen. »Ihr wollt etwas über Stígandr wissen? Den *Finsterriesen?*« Sie lachte noch lauter.

»Torpedo und Luftmine! Sie hat den Verstand verloren«, stellte Asmoduin fest.

Frida wischte sich eine Träne aus dem Augenwinkel. »Ich habe euch doch gesagt, ihr sollt mich fragen, wenn ihr etwas Bestimmtes wissen möchtet.« Sie öffnete die schmale Tür, die ihr Kabuff mit dem Eingangsbereich verband. »Kommt herein. Ich mache uns einen Tee, und dann will ich euch erzählen, was ich über Stígandr weiß – und wieso ihn in Norwegen jedes Vorschulkind kennt.«

KAPITEL 5
in dem Abwarten und Tee trinken ausnahmsweise einmal zu etwas gut sind

Wenige Minuten später hatten Zara und ich je einen dampfenden Becher Tee vor uns. Asmoduin, den die Aussicht auf brauchbare Informationen sichtlich nervös machte, hatte auf der Spitze eines altmodischen Kleiderständers Platz genommen, an dem eine Auswahl Strickwesten baumelte – allesamt grau und offenbar von der Museumswärterin selbst gestrickt.

Fridas Tee schmeckte wie eingeschlafene Füße mit Rosmarin, aber ich machte gute Miene zum ekligen Spiel und zwang mich zu einem anerkennenden Nicken. (Zu Fridas Ehrenrettung muss ich anmerken, dass ihr Gebräu in Wahrheit wahrscheinlich gar nicht so übel war. Ich finde bloß, dass Tee *generell* wie eingeschlafene Füße mit Rosmarin schmeckt, ausgenommen vielleicht Früchtetee, wenn man eine Wagenladung Zucker reinkippt. Tee und ich werden in diesem Leben einfach keine Freunde mehr.)

»Warum interessiert ihr euch für den Finsterriesen?«, eröffnete Frida das Gespräch.

»Wir, äh … haben in der Schule Naturreligionen und Schamanismus durchgenommen«, erklärte ich, ohne lange nachzudenken. Im Improvisieren von Notlügen schlägt mich so schnell keiner. »Und jetzt, wo wir zufällig mit unseren Eltern Urlaub in Norwegen machen, wollten wir unserer Lehrerin etwas Spannendes zu diesem

Thema mitbringen.« Bei der Vorstellung, in den Ferien freiwillig Eigeninitiative an den Tag zu legen, nur um einen Lehrer zu beeindrucken, wurde mir beinahe übel. Rasch nahm ich einen Schluck Tee. Doch das machte die Sache nicht besser.

»Warum nennen Sie ihn so? ›Finsterriese‹?«, wollte Zara wissen.

»Weil das der Name ist, den Stígandr im Volksmund hat«, erklärte Frida und pustete in ihren Becher.

»Im Volksmund?«, wiederholte ich verwirrt.

»Der Finsterriese ist für uns Norweger so etwas Ähnliches wie in anderen Ländern der Schwarze Mann: ein von Legenden umranktes Schreckgespenst, das Eltern seit Generationen dazu benutzen, ihren Kindern Angst einzujagen, wenn sie nicht spuren.«

Auf seinem Kleiderständer stieß Asmoduin, der offenbar noch nie vom Schwarzen Mann gehört hatte, ein fragendes »Häh?« aus. Angespannt, wie er war, vergaß er dabei offenbar völlig, seine Stimme für alle Menschen außer Zara und mir unhörbar zu machen. Frida, die annahm, *ich* hätte nachgehakt, sah von ihrer Tasse auf und fügte hinzu: »Ihr wisst schon: ›Wenn du nicht sofort im Bett bist, kommt der Finsterriese und lässt dein Herz zu Eis gefrieren!‹« Sie zwinkerte mir zu.

»Wie konnte ein Schamane, der vor fast eineinhalb Jahrtausenden lebte, zu einer Sagengestalt werden?«, erkundigte sich Zara. Sie brüllte übertrieben laut, um sicherzugehen, dass Frida sie verstand. »Und wie kommt es, dass wir im Internet so wenig über ihn gefunden haben, wenn er hierzulande quasi eine Berühmtheit ist?«

»Ob Stígandr wirklich existiert hat, darüber sind sich die Historiker nicht einig«, erwiderte die Alte.

»*Eure* dämlichen Historiker vielleicht nicht«, knurrte Asmoduin. »Die Aufzeichnungen von Minister Diavliç sind eindeutig!«

»*Undskyld?*« Frida sah mich überrascht an. »Was hast du gesagt?«

»Eöhh … nichts. Hab mich nur geräuspert.«

»Bei eurer Computersuche habt ihr sicher nach ›Stígandr‹ oder einer anderen Schreibweise dieses Namens gesucht.« Als Zara nickte, fuhr die Museumswärterin fort: »Der ursprüngliche Name des Schamanen ist hierzulande längst nicht so bekannt wie die Bezeichnung ›Finsterriese‹. Hättet ihr danach geforscht, ihr hättet gewiss Zehntausende Ergebnisse erhalten.«

»Wie kam es zu dem Spitznamen?«, fragte ich. »War Stígandr besonders groß und finster?

Frida schüttelte den Kopf und nahm einen schlürfenden Schluck aus ihrem Becher. »Stígandr beschäftigte sich während eines Großteils seines Lebens mit dem, was die Menschen nach dem Tod erwartet. Dieses Forschungsgebiet machte ihn zu einem Außenseiter. Auch wenn die Bewohner Loms seine Fähigkeiten hin und wieder in Anspruch nahmen, wenn es darum ging, ein letztes Mal mit verstorbenen Vorfahren oder Kindern zu sprechen, so war ihnen das Drumherum doch stets unheimlich. Privat mieden sie Stígandr. Den wenigen Aufzeichnungen aus der damaligen Zeit zufolge hatte er keine Freunde.«

»Erinnert irgendwie an dich, Schwabbel!«

Ich zeigte Asmoduin hinter Fridas Rücken den Mittelfinger.

»Eines Nachts, Stígandr war zu diesem Zeitpunkt bereits über siebzig Jahre alt, erhielt er angeblich Besuch von einer merkwürdigen Gestalt … einem hochgewachsenen Fremden mit weitem,

schwarzem Umhang, heißt es. In einigen Quellen ist von stechendem Schwefelgeruch die Rede, der den Fremden begleitete, einmal gar von gebogenen Hörnern, die aus seiner Stirn geragt haben sollen.« Frida lächelte uns entschuldigend an. »In Wirklichkeit ist all das natürlich nie passiert. Es ist eine Sage, die sich die Menschen nach Stígandrs Verschwinden ausgedacht haben.«

Vom Kleiderständer ertönte ein verächtliches Schnauben. »Pah! Was weißt du denn schon?«

»*Undskyld?*«

»Nichts, nichts.« Ich schoss einen wütenden Blick in Asmoduins Richtung ab, der noch immer nicht auf die Idee gekommen war, seine dämlichen Kommentare unhörbar von sich zu geben. »Bitte erzählen Sie weiter.«

»Der rätselhafte Fremde soll Stígandr danach noch viele Male aufgesucht haben«, fuhr Frida fort. »Man erzählt sich, bei den nächtlichen Treffen der beiden sei es um irgendwelche geschäftlichen Abmachungen gegangen …«

Ein Krachen ertönte, gefolgt von einem unterdrückten Fluch. Ich fuhr herum. Am Fuß des Kleiderständers rappelte sich Asmoduin aus einem Haufen grauer Strickwesten vom Boden auf und hielt sich mit verkniffener Miene die Nase. Um besser mithören zu können, war er ein Stück tiefer geklettert und dabei abgestürzt.

Auch unsere Gastgeberin drehte irritiert den Kopf. Zum Glück konnte sie den Verursacher des Lärms nicht sehen.

»Ihre, äh … Ihre Jacken sind runtergefallen.« Geistesgegenwärtig sprang Zara von ihrem Stuhl auf. »Bleiben Sie sitzen, ich hänge sie wieder auf.«

»Das ist nett von dir, Kind.« Frida nahm einen weiteren Schluck Tee. »In Folge dieser mysteriösen Treffen entwickelten die Bewohner Loms eine geradezu abergläubische Furcht vor Stígandr. Niemand sprach mehr mit ihm, nicht einmal Lebensmittel wollte man ihm noch verkaufen. Ihm blieb nichts anderes übrig, als das Dorf zu verlassen.«

An meiner Seite tauchte Asmoduin auf. Ich bedeutete ihm, sich ruhig zu verhalten, doch die Aufforderung war überflüssig. Auch er lauschte der Museumswärterin konzentriert.

»Den Überlieferungen zufolge wanderte er darauf ins Jotunheimen-Gebirge, von wo er nie zurückkehrte.« Frida sah Zara und mich fragend an. »Ihr wisst, welche Bedeutung dieser Ort in unserer Sagenwelt hat?«

Zara nickte. »Der Name des Gebirges bedeutet so viel wie ›Heim der Riesen‹.«

Frida nickte. »Im Lande Jotünheim lebt der Sage nach das Volk der Reifriesen. Stígandr war von diesen geheimnisvollen Wesen schon in jüngeren Jahren stets fasziniert gewesen. Mehr als einmal soll er geäußert haben, eines Tages wolle er ausziehen und den Zugang zu ihrem versteckten Reich ausfindig machen, um ihre Sitten und Gebräuche zu studieren.«

»Ganz schön mutig«, murmelte ich. In den Comics, die ich gelesen hatte, wurden die Reifriesen Jotünheims als muskelbepackte, bepelzte Scheußlichkeiten dargestellt.

»*Undskyld?*«

»Nicht so wichtig.«

»Und? Fand er den Zugang nach Jotünheim?« Zara hatte ihr

Smartphone gezückt und machte sich mit spitzen Fingern Notizen.

Die Museumswärterin lächelte. »So heißt es, ja. Angeblich nahmen die Reifriesen Stígandr bei sich auf – ganz entgegen ihrer üblichen Gepflogenheit, ungebetene Gäste in Stücke zu reißen und aufzufressen. Wieso sie das taten, darüber gehen die Meinungen auseinander. Manche glauben, der Alte habe ihnen ein kostbares Gastgeschenk angeboten, um sich ihre Sympathie zu erkaufen. Andere vermuten, die Bewohner Jotünheims wären beeindruckt von seinen naturwissenschaftlichen Kenntnissen gewesen und hätten sich diese zunutze machen wollen.« Sie leerte ihre Teetasse. »Angeblich wurde Stígandr in den folgenden Jahren zu einem angesehenen Bürger Jotünheims.«

»*So* viele Jahre können ihm ja nicht mehr geblieben sein«, murmelte Zara.

Frida hob mit einem verschmitzten Grinsen den Zeigefinger. »Im Reich der Reifriesen verstreicht die Zeit anders als im Rest der Welt«, widersprach sie. »Der Sage nach lebte Stígandr noch Hunderte von Jahren unter ihnen, bevor er starb. Durch den magischen Einfluss jenes uralten Ortes begann er sich jedoch im Laufe der Zeit zu verändern. Er wuchs beträchtlich und nahm auch sonst immer mehr das Aussehen eines Reifriesen an.«

»Schimmelpilz und Fliegendreck! Eine Mischung aus Mummelgreis und Troll …« Asmoduin rümpfte die Nase. »Jede Wette, dass vor seiner Visage selbst ein Magmadämon schreiend Reißaus genommen hätte!«

»Tatsächlich soll Stígandr rund fünfhundert Jahre später einen alles andere als erfreulichen Anblick geboten haben«, bestätigte Frida, die erneut annahm, ich hätte gesprochen. »Dies und die finsteren Geheimnisse, mit denen er sich schon in der Welt der Menschen umgeben hatte, sorgten letztendlich dafür, dass er als ›Finsterriese‹ in die Sagenwelt Norwegens einging.«

Zara sah von ihrem Smartphone auf. »Wenn ich es richtig verstehe, hat Stígandr aber in seinem ganzen Leben nie etwas getan, das einem anderen geschadet hätte. Trotzdem wurde er in späteren Jahrhunderten zu einer Art Schreckgespenst?«

Die Museumswärterin zuckte die Schultern. »So sind die Menschen, Kind. Was anders ist als sie, erfüllt sie mit Ablehnung. Aus Ablehnung wird Furcht, und je länger ein Ereignis zurückliegt, desto stärker wird es von den oft nur mündlichen Überlieferungen verzerrt. So wurde aus einem harmlosen alten Mann, der seiner Zeit in manchen Dingen ein wenig voraus war, im Volksmund ein Ungeheuer.« Frida lächelte milde. »Sagen sind weitaus stärker als reale Geschehnisse dem Wandel der Zeit unterworfen. So auch die Geschichte Stígandrs, die natürlich nichts als Fiktion ist. In Wahrheit ist der alte Mann bei seinen Wanderungen im Jotunheimen-Gebirge vermutlich abgestürzt, verhungert oder erfroren, das ist alles.«

Neben mir begann Asmoduin plötzlich, hektisch von einem Bein aufs andere zu hüpfen. Mit Todesverachtung kippte ich mir den ekligen Tee die Kehle hinunter und streckte Frida die leere Tasse entgegen. Als die alte Dame aufstand und zum Herd schlurfte, auf dem eine kopfgroße Teekanne vor sich hindampfte, zischte ich ihn an: »Was ist los, verdammt? Musst du aufs Klo?«

»Selber Klo! Das ist *die* Spur, die wir gesucht haben!«

Ich runzelte die Stirn.

»Magensaft und Eiterbeule – bei dir sind wirklich Schwefel und Salz verloren, Schwabbel! Die alte Schrapnelle hat uns gerade klipp und klar gesagt, wo wir nach Stígandrs Hinterlassenschaften suchen müssen.«

Ich verstand nur Sackbahnhof. »Hä?«

»Bei Shaitans giftiger Gallenblase! Im Jotunheimen-Gebirge natürlich. Offenbar hat Stígandr zu Lebzeiten nicht nur mit Hel Geschäfte gemacht, sondern auch mit den Reifriesen. Wie wir gehört haben, stand er schon vor seinem Umzug nach Jotünheim in regem Kontakt mit Hel. Von den Reifriesen muss er später den Frostzauber bekommen haben, den er dann an Minister Diavliç weiterverscherbelte.« Er sah mich euphorisch an. »Wenn es einen Ort gibt, an dem wir auf Überbleibsel seines ehemaligen Zauberarsenals stoßen können, dann ist es die Heimat der Reifriesen!«

Ich schüttelte den Kopf. »Du verstehst das nicht. Die Reifriesen sind Sagengestalten. Das bedeutet, sie existieren nicht wirklich.«

Der Höllenspross verschränkte die Arme und sah mich herausfordernd an. »So wie wir Teufel, meinst du?«

»Ja … nein … Verflixt, habt ihr in Hel denn keine Sagen und Märchen?«

»Nein.« Asmoduins Augen verengten sich. »Du willst also behaupten, die ganze Geschichte wäre erstunken und erlogen?«

»Das nicht. Ein Schamane mit Namen Stígandr hat wahrscheinlich tatsächlich einmal gelebt. Aber das meiste von dem, was ihm im Nachhinein angedichtet wird, ist nie wirklich geschehen.«

Der Höllenspross runzelte die Stirn. »So wie bei dem Typ aus diesem Buch, das die Oberweltler seit Urzeiten lesen … wie hieß er noch? Jebus?«

Ich seufzte und warf Zara, die gerade ihr Handy wieder weggepackt hatte, einen Hilfe suchenden Blick zu. Überrascht stellte ich fest, dass auch auf ihrem Gesicht ein optimistisches Lächeln lag.

»Asi hat vielleicht gar nicht unrecht«, flüsterte sie. »Dass Stígandr von Lom ins Gebirge gezogen ist, scheint eine halbwegs gesicherte Tatsache. Was immer er dort getrieben hat – wir müssen nachsehen, ob wir nicht auf irgendwelche Spuren davon stoßen.«

Neben mir vollführte Asmoduin einen Luftsprung.

Mich schauderte, als ich mich erinnerte, wie riesig das Jotunheimen-Gebirge auf der digitalen Landkarte ausgesehen hatte. »Aber woher sollen wir wissen, wo …«

Weiter kam ich nicht, denn in diesem Moment tauchte die Museumswärterin wieder auf und stellte einen dampfenden Humpen vor mir auf den Tisch. »Ich habe ihn extra vollgemacht, weil dir der Tee so gut schmeckt, mein Junge.«

Ich lächelte gequält. »Danke. Das ist … äh, ganz super.«

KAPITEL 6
in dem mit einem Riesen gewandert, viel gefroren, aber auch etwas entdeckt wird

Yngvi war ein Riese. Kein Reifriese, nicht einmal ein Troll. Aber mit Sicherheit einer der größten Männer, die ich je gesehen hatte. Er maß über zwei Meter von den Sohlen seiner klobigen Wanderstiefel bis zum Scheitel seines blonden, schulterlangen Haars. Darüber hinaus schien er maßgeblich aus Muskeln zu bestehen – Muskeln und wenig sonst. Erinnert sich zufällig noch jemand an die Serie *Masters of the Universe?* An He-Man, den wandelnden Schrank mit der blonden Prinz-Eisenherz-Frisur und dem IQ eines autistischen Pudels?

Yngvi war seine exakte Wiedergeburt.

Im Gegensatz zu He-Man, der hauptberuflich als Held und Prinzessinnenretter unterwegs gewesen war, jobbte Yngvi beim Touristikbüro von Lom als Bergführer für Wandergruppen. Im Sommer beschäftigte man über ein Dutzend von seiner Sorte, wie Zara und ich erfuhren, als wir am Nachmittag dort aufkreuzten. Asmoduin, der nach unserem Museumsbesuch verkündet hatte, ihm blieben noch exakt elf Minuten und dreiundzwanzig Sekunden, bis er den Hungertod sterben werde, hatten wir mit einem Monatsvorrat »Lohengrin«-Schokoriegel aus dem einzigen Supermarkt des Ortes in der Pension zurückgelassen.

Am Counter des Touristikbüros empfing uns ein silberhaariger Mann, dessen Körperhaltung so steif wirkte, als hätte er am Morgen beim Anziehen vergessen, den Kleiderbügel aus seinem Jackett zu nehmen. Wir ließen uns eine hanebüchene Geschichte einfallen, unsere Eltern würden während des gemeinsamen Familienurlaubs lieber in die Sauna gehen, anstatt etwas mit uns zu unternehmen, und dass wir uns als Fans skandinavischer Mythen nichts mehr wünschten, als die angebliche Heimat der Reifriesen einmal mit eigenen Augen zu sehen.

Was erfundene Erklärungen anging, waren wir mittlerweile ganz gut in Übung. Dennoch machte der Silberhaarige zunächst wenig Anstalten, aktiv zu werden. Er schien daran gewöhnt, ausschließlich mit Erwachsenen Geschäfte zu machen. Erst als Zara ein unterarmdickes Bündel norwegischer Geldscheine aus ihrer Glitzerhandtasche zog und verkündete, sie wolle eine Tour ins Jotunheimen-Gebirge buchen, änderte sich sein Verhalten. Plötzlich war er nur noch halb so steif, außerdem extrem freundlich und hoch motiviert. Er telefonierte kurz, und wenig später tauchte die imposante Gestalt Yngvis im Türrahmen auf, den er im wahrsten Sinne des Wortes ausfüllte.

»Hei! Jeg heter Yngvi«, rief er und zerquetschte erst Zara, dann auch mir die Hand mit einer seiner bratpfannengroßen Pranken.

»Yngvi spricht eure Sprache nicht besonders gut«, erklärte Silberhaar überflüssigerweise.

»Ja! *Yngvi!*« Yngvi grinste dümmlich. Ich begann zu ahnen, dass seine Ähnlichkeit mit He-Man, dem Stärksten der Starken und Hohlsten der Hohlen, möglicherweise nicht nur eine äußerliche war.

Silberhaar und der Bergführer wechselten ein paar Sätze auf Norwegisch. Ich glaubte, das Wort »Jotunheimen« herauszuhören, darüber hinaus verstand ich nur Sackbahnhof.

Als er fertig war, nickte Yngvi so wild, dass sein blonder Pony flatterte. »Yngvi euch bringen zu Heim von Reifriesen«, radebrechte er. »Morgen früh aufbrechen. Yngvi euch abholen bei *Pensjon Knekkebrød* um *sju. Enig?*«

»Aufbruch um sieben Uhr an eurer Pension«, dolmetschte Silberhaar.

»So früh?« Ich stöhnte. Die Aussicht, mich nach einer weiteren Nacht in der Badewanne in aller Herrgottsfrühe aus dem Haus quälen zu müssen, sagte mir nicht besonders zu.

»Die Region, in der Sagenforscher den Zugang nach Jotünheim vermuten, liegt mehrere Autostunden tief im Gebirge«, erwiderte Silberhaar. »Man muss also zeitig starten. Ich sage euch allerdings gleich, dass es dort nichts Spektakuläres zu sehen gibt. Das betreffende Tal sieht nicht anders aus als irgendein anderer Punkt des Gebirges.«

Zara versicherte ihm, dass uns das nichts ausmache.

»Dann lasst uns zum wichtigsten Teil kommen.« Silberhaar lächelte, eine Muskelverrenkung, die ich seinem kantigen Gesicht gar nicht zugetraut hätte. »Der Obolus für die geführte Wanderung ist im Voraus zu entrichten.« Er nannte einen Betrag in Kronen. Ich kannte den aktuellen Umrechnungskurs nicht, aber er kam mir ziemlich hoch vor.

Zara zahlte widerspruchslos. Dann verabschiedeten wir uns.

»*Hade!*«, brüllte Yngvi und winkte uns so begeistert hinterher wie ein Dreijähriger, dem man einen Lolli versprochen hat. »*Yngvi!*«

Ich seufzte. Reichte es nicht, dass wir zusammen mit einem Jungteufel aus der hundertsiebzehnten Schulklasse ins Gebirge aufbrechen mussten? Jetzt hatten wir auch noch einen drei Zentner schweren Muskelberg mit dem Intellekt eines Elchkalbs am Bein.

Das konnte vielleicht was werden …

»Rachenkatarrh und Blasenentzündung – mir ist kalt!«, quäkte es hinter mir zum schätzungsweise zweiundsiebzigsten Mal. Ich schluckte eine gehässige Erwiderung herunter und marschierte weiter, ohne mich umzudrehen.

»*Undskyld?*«, erkundigte sich Yngvi, der ein Dutzend Schritte vor uns herstiefelte, und drehte zum schätzungsweise zweiundsiebzigsten Mal mit aufgerissenen Augen den Kopf.

»Nichts. Es ist schon gut, Yngvi«, versicherte Zara zum schätzungsweise zweiundsiebzigsten Mal und winkte dem Riesen gutmütig zu. Ihrer verkniffenen Miene ließ sich allerdings entnehmen, dass sie sich genau wie ich fragte, weshalb Asmoduin seine ständigen Nörgeleien nicht auf einer akustischen Frequenz von sich gab, die nur wir verstehen konnten. Dass er dazu in der Lage war, wussten wir von unseren vergangenen Abenteuern.

»*Greit! Yngvi!*« Zufrieden stapfte Yngvi weiter.

Pünktlich um sieben hatte unser Führer an die Tür der Pension geklopft, die zu diesem Zeitpunkt noch geschlossen war. Da seine Fäuste es hinsichtlich Größe und Durchschlagskraft mit Kanonenkugeln aufnehmen konnten, hatte er bei dieser Gelegenheit nicht nur uns geweckt, sondern auch sämtliche anderen Gäste des Hauses. Wir beeilten uns, ihrem berechtigten Unmut zu entkommen, und nach einer raschen Katzenwäsche (ich), einer Runde Blitzschminken (Zara) und etwa vier Dutzend Flüchen ausgesprochen unappetitlichen Inhalts

(Asmoduin) kauerten wir zu dritt auf der Rückbank des riesigen Geländewagens, mit dem der riesenhafte Norweger gekommen war.

Yngvi hatte das Gefährt zunächst eine schmale, gewundene Gebirgsstraße entlanggesteuert und über mehrere steile Pässe hinweg. Der Tag war klar und sonnig, der Himmel über den schneebedeckten Gipfeln so unnatürlich blau, wie er normalerweise nur in Comics oder auf überteuerten Postkarten für Touristen aussieht. Während Zara und ich das beeindruckende Panorama fasziniert bestaunten, setzte Asmoduin auf dem Mittelsitz unbeeindruckt seinen so jäh unterbrochenen Nachtschlaf fort. Zum Glück dröhnte der Motor des Jeeps so laut, dass er das teuflische Schnarchen mühelos übertönte.

Nach etwas über einer Stunde verließ Yngvi die ausgeschilderte Straße und fuhr durch unbefestigtes Gelände. Der Untergrund bestand aus rissigem Fels, großflächig überwuchert von Flechten und Moos. Der Wagen schlingerte und schwankte wie ein Schiff auf hoher See, und nach kurzer Zeit begann ich, Anzeichen von Seekrankheit zu verspüren. Ich ließ mir von Zara einen Kaugummi geben, kaute angestrengt und versuchte, mich abzulenken, indem ich weiter aus dem Fenster starrte.

Nach wie vor piekten in jeder Himmelsrichtung weiß glitzernde Gipfel dem Firmament in den blauen Bauch. Weiter unten glitzerten spiegelglatte Bergseen, und ein- oder zweimal glaubte ich, den rechteckigen Umriss einer einsamen Blockhütte an einem Berghang auszumachen. Das einzige Anzeichen von Leben war eine Herde Rentiere, die an einer steilen, moosbedeckten Böschung graste. Ansonsten war die Umgebung so unwirtlich und leer wie die Oberfläche des Mondes.

Asmoduin, der wie eine Schlenkerpuppe auf seinem Sitz hin- und hergeworfen wurde, schien die Rüttelei nicht das Geringste auszumachen. Er sägte unbeeindruckt weiter, als bekäme er es bezahlt.

All das lag mittlerweile über eineinhalb Stunden zurück. Asmoduin schlief nicht mehr – leider –, und wir saßen auch nicht mehr im gut geheizten Innenraum eines Jeeps – ebenfalls leider.

»Frostbeule und Gefrierbrand – mir ist kalt!«

»*Undskyld?*«

»Nichts, es ist schon gut, Yngvi.«

»*Greit! Yngvi!*«

Ich seufzte. Ziemlich genau *so* hatte ich mir den Abstecher ins Gebirge vorgestellt.

Mitten im Nirgendwo hatte der Geländewagen schließlich angehalten. Asmoduin hatte sich gereckt und gestreckt, mir mit einem löwenartigen Gähner seine unzähligen Zähne präsentiert, und war voller Elan ins Freie gesprungen – nur um eine Sekunde darauf mit panisch aufgerissenen Augen wieder in den Wagen zurückzuhechten, den Oberkörper mit den Armen umklammernd.

»Ihr wollt mich verarschen, oder? *Da* sollen wir raus?«

»Jetzt mach mal halblang.« Ich warf einen Blick auf die Temperaturanzeige im Cockpit. »Draußen hat es volle zehn Grad, die Sonne lacht. Für Oberwelt-Verhältnisse ist das ein richtig nettes Frühlingswetter.«

Asmoduins Rechte schoss vor, packte den Kragen meiner Jacke und zerrte mein Gesicht bis auf wenige Zentimeter vor seins. »Das da draußen sind *arktische* Temperaturen, Schwabbel! Ich bin nicht der fortschreitenden Vereisung meiner Heimat entflohen, um mich

hier oben schockfrosten zu lassen wie eine Packung Tiefkühlgemüse.«

»Ich fürchte, dir wird kaum etwas anderes übrig bleiben, liebster Asi.« Zara rückte ihre knallgrüne Zipfelmütze zurecht. »Wenn wir herausfinden wollen, was Stígandr hier getrieben hat, müssen wir da raus.« Sie sah den kleinen Teufel herausfordernd an. »Du kannst natürlich auch im Auto warten, während Bob und ich das Geheimnis lüften. Ich weiß allerdings nicht, wie man es bei dir zu Hause aufnehmen wird, wenn die überlebenswichtige Rettungsmission allein von zwei Oberweltlerkindern durchgeführt wurde … ohne die Mithilfe eines gewissen Sprosses der Baal, der eigentlich zu diesem Zweck nach oben entsandt wurde.«

Asmoduin starrte meine Cousine mit verzerrtem Gesicht an. Kurz fürchtete ich, er könnte Zara an die Kehle springen, doch da ertönte zum Glück von draußen das blökende Organ Yngvis:

»Rauskommen, *barna!* Yngvi euch führen zu Riesenstadt.«

Mit einem Ruck zog Asmoduin den Reißverschluss seines Parkas zu und verließ den Wagen.

Wie gesagt: Das war vor eineinhalb Stunden gewesen.

»Eisbombenhagel und Schneeballmassaker – mir ist kalt!«

»*Undskyld?*«

»Nichts, es ist schon gut, Yngvi.«

»*Greit! Yngvi!*«

Seither marschierten wir. Stramm und ohne Pause. Mittlerweile schmerzten meine Füße trotz bestens eingelaufener Basketstiefel, als wäre unser Führer mit dem Geländewagen drübergefahren. Erschwerend kam hinzu, dass auch ich langsam zu frieren begann. Die

Temperaturen waren zwar keineswegs »arktisch«, aber der schneidende Wind, der von den umliegenden Berghängen herabwehte, pfiff unangenehm durch meine Herbstjacke. Außerdem bekam ich allmählich Hunger. Der Vorrat an Schokolade und Energieriegeln, den ich in weiser Voraussicht eingesteckt hatte, war schon eine halbe Stunde nach unserem Aufbruch aufgebraucht gewesen. Und wie kaum anders zu erwarten, hatte ich kaum etwas davon gesehen.

»Steinschlag und Lawinendonner – mir ist kalt!«

»*Undskyld?*«

»Nichts, es ist schon gut, Yngvi.«

»*Greit! Yngvi!*«

Seufzend hob ich den Kopf und sah mich um. Yngvi, der nach wie vor mit der Begeisterung eines Vorschulkinds und der Kondition eines Ackergauls ausschritt, hatte uns durch mehrere schmale Täler geführt, vorbei an einem eiskalt aussehenden See und einen geröllübersäten Abhang hinunter. Seit geraumer Zeit ging es jetzt einen steilen Gebirgspass hinauf, der zu einem Einschnitt zwischen zwei massiven Bergspitzen führte.

»Yngvi bald da!«, brüllte der Norweger, als ahnte er, dass ich allmählich Zweifel am Ziel unserer Wanderung zu hegen begann. Er stoppte und deutete mit einem seiner baumdicken Arme zu dem Durchgang am oberen Ende des Anstiegs. »Auf andere Seite von Schlitz: Jotünheim, Heim von Reifriesen«, erklärte er so stolz, als hätte er die Wohnstatt der Sagengestalten mit eigenen Händen gebaut.

»Das will ich verdammt noch mal hoffen, du hirnamputierter Schinkenberg!« Hinter mir kämpfte sich Asmoduin bibbernd und

schlotternd den Hang hinauf. Anders als bei uns hing sein keuchender Atem ihm in dicken, weißen Wolken vor dem Mund – ein sichtbarer Hinweis auf die höhere Temperatur im Innern seines Teufelskörpers. »Wenn dort wieder nichts ist als noch mehr Steine und Moos, seile ich mich an deinen Därmen ins Tal ab.«

»*Undskyld?*«

»Ähh, nichts. Ich habe nur laut gedacht«, sagte ich rasch.

»*Greit! Yngvi!*« Mit Riesenschritten eilte Yngvi weiter.

Als wir den Einschnitt endlich erreichten, musste ich mich für einige Minuten schwer atmend auf meine Knie stützen. Der steile Anstieg hatte mir endgültig den Rest gegeben.

»*Der borte!*«, tönte Yngvi. »Jotünheim!«

Die Stille, die sich daran anschloss, verhieß nichts Gutes. Weder Zara noch Asmoduin schienen sich zu einem Kommentar hingerissen zu fühlen.

Langsam richtete ich mich auf.

Auf der anderen Seite des Einschnitts, gut fünfzig Meter unterhalb unseres Aussichtspunktes, tat sich ein ovales Tal auf. Es wurde nach allen Seiten eingerahmt von nahezu senkrechten Berghängen. Der Boden der Senke war topfeben und bestand, genau wie der Rest des Gebirges, aus schroffen, moosbedeckten Felsen.

Ansonsten gab es dort unten nichts.

Überhaupt *gar* nichts.

»Das … äh, das ist es, Yngvi?«, vergewisserte sich Zara. »Da unten liegt Jotünheim?«

»*Absolutt!*« Yngvi nickte heftig. »Dies Ort, wo Eingang zu Stadt von Reifriesen.« Er wandte sich um und zwinkerte uns verschwörerisch zu. Zumindest versuchte er es, konnte aber nicht verhindern, dass sich dabei auch sein zweites Auge jedes Mal schloss. »Jotünheim nicht wirklich existieren.« Er grinste breit. »Nur Sage ist. *Eventyr* … wie sagt man? Märchen!« Er nickte erneut. »Yngvi euch bringen. *Yngvi!*«

Meine Knie begannen, kaum merklich zu zittern. Ich zweifelte nicht daran, dass der Norweger uns an jenen Ort gebracht hatte, wo sich laut den alten Sagen der mythologische Ort Jotünheim befand. Dummerweise hatte Silberhaar im Touristikbüro die Wahrheit gesagt: Nichts unterschied diesen Flecken Erde vom Rest des gigantischen Gebirgszuges.

Ich hörte, wie Zara neben mir hart schluckte. Offenbar hatte auch sie sich etwas anderes erhofft, einen vagen Fingerzeig wenigstens, wo wir weiter nach Spuren des verflixten Schamanen suchen konnten. Doch niemand schien in den vergangenen eineinhalb Jahrtausenden seinen Fuß in dieses abgelegene Tal gesetzt zu haben, außer vielleicht ein paar verirrten Rentieren.

Ich zog den Kopf zwischen die Schultern und wappnete mich innerlich gegen die Tirade höllischer Flüche, die nun unausweichlich folgen musste – und möglicherweise Schlimmeres.

Doch der erwartete Ausbruch unseres gehörnten Begleiters blieb aus.

Vorsichtig drehte ich den Kopf.

Asmoduin stand stocksteif neben mir. Seine Augen waren aufgerissen, sein Blick hinab ins Tal gerichtet. Auf seinem Gesicht lag ein überraschter, gleichzeitig faszinierter Ausdruck.

»Pestilenz und Lepra …«, hauchte er tonlos.

»*Barna!* Kommen? *Yngvi!*« Unser Führer hatte auf der anderen

Seite des Passes mit dem Abstieg begonnen. Offenbar plante er, uns alle langweiligen Details des legendenumrankten Tals aus der Nähe zu zeigen.

»Milzbrand und Seuchenkuss«, murmelte der kleine Teufel. »Hab ich's doch geahnt. Diavliç, dieser gewitzte Hund!«

»Wovon zum Henker sprichst du?«, wollte ich wissen.

Ohne mich eines Blickes zu würdigen, griff Asmoduin unter seinen Parka. Als seine Hand wieder zum Vorschein kam, hielt er mir eine Brille mit eckigem, schwarzem Gestell hin. Die Gläser waren eigentümlich geschliffen, sie glänzten zugleich schwarz und irgendwie silbrig.

Als ich sie entgegennahm, erkannte ich, worum es sich handelte: Es war ein in Hel entwickelter Sichtschutzdurchdringer. Schon bei Asmoduins letztem Besuch in der Oberwelt hatte er einen dabeigehabt. Mithilfe eines solchen Geräts war es mir möglich gewesen, den ekelhaften Belchior zu sehen, obwohl dieser sich für menschliche Augen unsichtbar gemacht hatte. Etwas später hatte ich die Spezialbrille dazu benutzt, um dem Geister- und Dämonenexperten Sektorian Sekundus den ersten (und vermutlich einzigen) Blick seines Lebens auf einen echten Teufel zu ermöglichen. Asmoduin hatte das damals überhaupt nicht witzig gefunden.

So praktisch ein Sichtschutzdurchdringer in der Gegenwart eines Höllenbewohners sein mochte – was sollte ich hier damit anfangen, mitten im norwegischen Gebirge?

Asmoduin bemerkte meinen verständnislosen Blick. Ungeduldig tippte er sich mit dem Zeigefinger an die Nase und deutete hinab ins Tal.

Zögernd folgte ich seiner Aufforderung. Ich setzte mir die Brille ein Stück vor meiner eigenen auf den Nasenrücken und warf erneut einen Blick abwärts.

Ich glaubte, meinen Augen nicht zu trauen!

Am entgegengesetzten Ende des Talkessels, wo eben noch nichts als schroff aufragende Felswände gewesen war, ragte plötzlich eine gewaltige Mauer empor. Gefügt aus strahlend weißem Basalt, umschloss das mindestens hundert Meter hohe Gebilde den Fuß eines der Berge vollständig. Unzählige rechteckige Aussparungen waren im Gestein zu erkennen, möglicherweise Fenster oder Schießscharten. In der Mitte des unerklärlichen Bollwerks befand sich ein zweiflügeliges Tor. Es war höher als ein Einfamilienhaus und bestand aus einem weißen, glänzenden Material, das aussah wie Elfenbein.

»Bei Spidermans rot-schwarz kariertem Hintern«, entfuhr es mir. »Was *ist* das?«

Zara drehte verwirrt den Kopf. Als sie den Sichtschutzdurchdringer bemerkte, riss sie ihn an sich, setzte ihn auf und warf ebenfalls einen Blick in die Tiefe.

Ihre Augen weiteten sich, bis sie die Gläser der Brille vollständig auszufüllen schienen. »Heiliger Swarovski! Eine in das Massiv hineingebaute Festung«, stellte sie fest. »Größer als alles, was Menschen im Mittelalter oder irgendeiner anderen vorindustriellen Zeit hätten errichten können. Diese Anlage muss tief ins Innere des Berges reichen.« Sie nahm die Brille wieder ab und wandte sich an unseren gehörnten Begleiter. »Wusstest du, was wir hier finden würden, Asi?«

Asmoduin schüttelte den Kopf, ohne den Blick von dem kolossalen Bauwerk abzuwenden.

Ich nahm Zara die Brille aus der Hand und setzte sie erneut auf. Der Effekt war verblüffend: im einen Moment graue Felswand, im nächsten eine strahlend weiße Festung, wie sie einem modernen Fantasy-Blockbuster hätte entstammen können.

»Wieso kann man das Ding nur mit Hel-Augen oder einem Sichtschutzdurchdringer sehen?«, wollte ich wissen.

Der kleine Teufel räusperte sich, bevor er antwortete. »Weil dieses Bauwerk mit einer ganz besonderen Apparatur vor den Blicken von Sterblichen getarnt wird. Einer Apparatur, die in Hel entwickelt wurde, und zwar von meinem Onkel Beelzeburgh.« Er sah mich beinahe ehrfürchtig an. »Und damit wüssten wir nun auch, *womit* der alte Stígandr sich vor eineinhalb Jahrtausenden ein Ticket nach Jotünheim erkauft hat!«

KAPITEL 7
in dem die Verwirrung wächst und Hände aus dem Dunkel kommen

»Was soll das heißen?«, keuchte ich, während ich hinter Asmoduin und Zara her ins Tal hinunterkraxelte. »Willst du behaupten, dieses Gerät, dass Minister Diavliç dem Schamanen damals überließ, habe eine ganze *Festung* unsichtbar machen können?« Ich schüttelte so heftig den Kopf, dass ich darüber auf dem steilen, geröllbedeckten Abhang beinahe den Halt verlor. »So etwas gibt es nicht.«

»Was du nicht sagst, Schwabbel?«

»Vielleicht darf ich dich darauf aufmerksam machen, dass es das, was da auf deiner Nase sitzt, nach irdischem Verständnis auch nicht geben dürfte«, erinnerte mich Zara. »Von *dem da* ganz zu schweigen.« Sie deutete auf Asmoduin.

Gegen so viel Logik war ich machtlos.

Kurz darauf kamen wir unten an – ich als Letzter, keuchend wie ein leckgeschlagener Dampfkessel. Zara war bereits in eine angeregte Diskussion mit unserem Führer verwickelt. Sie versuchte, ihn dazu zu bringen, dass er uns eine Weile allein ließ.

»... wären Sie doch gewiss so freundlich, Yngvi, für mich einen Blick hinter *diesen* Bergkamm zu werfen?« Sie deutete auf einen weit entfernten Punkt am westlichen Rand des Tals. »Es wäre zu schön, wenn dort ein kleiner Bergsee läge, wie wir auf dem Herweg schon ein paar gesehen haben. Ich würde vor diesem romantischen Hin-

tergrund gern ein Selfie von mir knipsen, um es auf Facebook zu posten.«

Yngvi starrte meine Cousine an wie eine Kuh, der man eine Differentialgleichung mit fünf Unbekannten vor die Nase hält. »Fejßbuck?«, wiederholte er langsam.

Zara schenkte ihm ihr bezauberndstes Lächeln. »Tun Sie uns den Gefallen und schauen Sie rasch nach, okay? Meine Füße schmerzen, ich möchte die weite Strecke ungern umsonst laufen.«

Das Pfannkuchengesicht des Norwegers hellte sich auf. »Yngvi nachsehen, ob Wasser hinter Berg«, formulierte er seinen Auftrag um. »*Ingen fare! Barna* hier bleiben, Yngvi gleich zurück. *Yngvi!*«

Er stürmte davon, ohne sich noch einmal umzudrehen. Selbst bei diesem strammen Tempo würde er mindestens eine halbe Stunde brauchen, um den Anstieg am anderen Ende des Tals zu bewältigen, einen Blick dahinter zu werfen und hierher zurückzukehren.

»Der wäre erst mal beschäftigt« Zara drehte sich um und hielt geradewegs auf die rätselhafte Festung zu. Ich folgte ihr.

Asmoduin hatte bereits die halbe Strecke zurückgelegt. Einige Steinwürfe vor dem Fuß der Mauer holten wir ihn ein.

Aus der Nähe betrachtet war die Anlage noch eindrucksvoller als aus der Ferne. Die einzelnen Mauersteine maßen rund vier Meter Kantenlänge und waren nahezu fugenlos aufeinandergeschichtet. Ich konnte nicht sicher sagen, aus welchem Material sie bestanden, aber sie reflektierten das Licht der Sonne wie mattweißes Milchglas.

Ich merkte, dass Asmoduin einen ganz bestimmten Punkt fixierte, ein achteckiges Wappen, das über dem monströsen Tor in den Stein eingemeißelt war. Im Zentrum war eine einzelne Rune zu erkennen. Sie erinnerte an ein X, allerdings gab es Dreiecke in den Zwischenräumen zwischen den gekreuzten Balken, und an allen vier Enden saßen Gebilde, die wie Hammerköpfe aussahen.

»Kloakenschleim und Darmverschluss«, hauchte der kleine Teufel.

»Was ist?« Zara ließ sich den Sichtschutzdurchdringer geben und warf einen Blick hindurch.

»Ich *kenne* diese Rune«, erklärte Asmoduin tonlos.

»Das komische Zeichen?« Zara kniff die Augen zusammen. »Was bedeutet es?«

Ich hatte genügend Comics gelesen, um zu wissen, dass geheimnisvolle, unleserliche Inschriften selten etwas Gutes verhießen. »Lass mich raten: ›Wer sterben will, bitte der Reihe nach eintreten‹? ›Hier Gratis-Tod für alle‹? ›Zum Ende Ihres Lebens bitte geradeaus, dann links‹?«

Asmoduin zuckte mit den Schultern.

»Wie jetzt?« Zara sah ihn verblüfft an. »Du kennst das Symbol, weißt aber nicht, wofür es steht?«

Der kleine Teufel schüttelte unwillig den Kopf. »Ich kenne die Rune, weil ich sie an einem ganz bestimmten Ort schon einmal gesehen habe: auf der gepanzerten Tür zur Eissauna meines Urururgroßvaters!«

Zara klatschte in die Hände. »Aber das bedeutet ja, dass wir am Ziel sind. Von hier muss der fatale Frostzauber einst gekommen sein!«

Ich konnte mich ihrer Begeisterung nicht ganz anschließen. Mir war soeben etwas aufgefallen. »Sagt mal … deutet das Vorhanden-

sein dieser Festung nicht darauf hin, dass es das Volk der Reifriesen irgendwann mal wirklich und wahrhaftig gegeben hat?« Ich schluckte. »Ich zitiere: ein mystisches Volk von riesenhaften, monströsen Kreaturen?«

»*Irgendjemand* hat das Ding auf jeden Fall hier hingestellt, Schwabbel«, gab Asmoduin kühl zurück. »Und sofern mich meine Kenntnisse oberweltlicher Architektur nicht trügen, waren es keine von euren Leuten.«

»Und jetzt?«, erkundigte ich mich krächzend.

»Die Rune belegt, dass dies der Ursprungsort des Frostzaubers ist, der Asis Heimat und damit die ganze Erde bedroht«, erklärte Zara. »Folglich ist es der einzige Ort, an dem wir hoffen können, auf ein Gegenmittel zu stoßen.«

Mein Magen krampfte sich zu einem harten Klumpen zusammen. »Wir sollen da *rein?* Wer sagt uns denn, dass die Erbauer der Festung nicht mehr dort wohnen?«

»Niemand.« Zara schien die Aussicht, einem Heer von leibhaftigen Trollen oder Was-auch-immer zu begegnen, nicht halb so sehr zu beunruhigen wie mich.

Ich nahm den Sichtschutzdurchdringer wieder an mich und musterte das riesige, fest verschlossene Tor. Es bestand aus zwei unvorstellbar großen, massiven Steinplatten und sah alles in allem ziemlich unzerstörbar aus. »Wir kommen da niemals rein. Diese Pforte könnte nicht mal der unglaubliche Hulk persönlich aufsprengen. Und freundliches Anklopfen dürfte vermutlich nicht viel nützen. Jemand, der so einen Aufwand betreibt, um seinen Wohnort vor der Außenwelt zu verbergen, wird kaum …«

»Da geht's rein«, unterbrach mich Asmoduin, der inzwischen etwas dichter an das Tor heranmarschiert war.

Ich schloss die Augen und zählte stumm bis zehn.

»Du hast einen Weg hinein gefunden?«, erkundigte sich Zara.

»Möglicherweise.« Asmoduin deutete auf eine Stelle im unteren Bereich des Tors.

Ich musste die Augen zusammenkneifen, um zu erkennen, was er meinte. Ein haarfeiner Spalt zog sich da durch den weißen Stein. Er markierte einen rechteckigen Umriss von etwa einem Meter Breite und zwei Metern Höhe.

»Was ist das?«, wollte ich wissen, obwohl ich die Antwort bereits ahnte.

»Eine geheime Pforte, du Schnellmerker.« Asmoduin fuhr den Verlauf des Spalts mit den Fingerspitzen nach. »So was müsste man eigentlich sogar in der Oberwelt kennen. Man baut eine kleine Nebentür ein, damit man nicht immer das ganze riesige Ding aufmachen muss, wenn mal einer zum Pinkeln rausmuss.«

»Ah.« Ich erinnerte mich, dass es solche Pforten tatsächlich bei manchen mittelalterlichen Burgen gegeben hatte, unter anderem, um im Falle einer Belagerung bequemer Verhandlungen mit dem Feind führen zu können.

»Und weiter?« Ich musterte den Umriss kritisch. »Diese Supergeheimpforte ist aus Stein, genau wie der Rest des Tors. Und ich sehe keinerlei Knauf oder Klinke, nicht mal ein Schlüsselloch. Wie sollen wir …«

»Zurücktreten, Schwabbel!«

Noch während ich sprach, hatte Asmoduin etwas aus seinem Par-

ka gezogen, das Ähnlichkeit mit einem großen Saugnapf aufwies. In der Mitte saß ein metallenes Kästchen von der Größe eines Kaugummipäckchens. Asmoduin pappte das Ding in die Mitte des Türumrisses und drückte einen Knopf. Ein rotes Lämpchen begann zu blinken. Mit eingezogenem Kopf wetzte der kleine Teufel an mir vorbei und warf sich ein halbes Dutzend Schritte entfernt flach zu Boden.

Ich hatte zwar keine Ahnung, was das sollte, aber eine innere Stimme riet mir, es ihm schleunigst nachzumachen.

Kaum lag ich neben Asmoduin und Zara auf dem kalten Fels, da spürte ich, wie etwas mit Wucht über meinen Rücken hinwegfegte. Im ersten Augenblick hielt ich es für einen heftigen Windstoß. Haare kitzelten mich an der Nase – Zaras blonde Mähne, die ruckartig nach vorn gefegt wurde. Im selben Moment verspürte ich einen schmerzhaften Druck auf den Ohren, wie bei der Landung in einem Flugzeug. Mir dämmerte, dass es sich mitnichten um Wind gehandelt hatte.

Es war eine Druckwelle gewesen.

Wie recht ich hatte, zeigte sich, als wir uns wieder aufrichteten. Wo Asmoduin den Apparat platziert hatte, war der Stein des Tors rußgeschwärzt, wie von Flammen oder einer Explosion. Die kleine Tür selbst hing schief in dem Rahmen, den der Spalt markiert hatte, eine Platte aus oberschenkeldickem weißem Stein. In der Öffnung dahinter herrschte undurchdringliche Finsternis.

»Was zum …?« Mir fehlten die Worte. »Du hast sie gesprengt?« Als der kleine Teufel beiläufig nickte, fügte ich hinzu: »Aber es war überhaupt nichts zu hören!«

»Natürlich nicht, Schwabbel.« Vorsichtig näherte sich Asmoduin der Tür. »Wolltest du etwa, dass unser kleinhirniger Führer im Laufschritt hierher zurückgetrabt kommt? Oder die Bewohner der Festung?«

Ich schluckte. »Nein. Wie hast du das gemacht?«

»Eine der zahlreichen praktischen Erfindungen meines Onkels Beelzeburgh.« Asmoduin drückte die Pforte vorsichtig weiter auf. Stein schabte über Stein. »Haftgranate mit integrierter Schallunterdrückung. Kommt in zwei bis drei Jahren bei euch auf den Schwarzmarkt … irgendwo im Nahen Osten, glaube ich.« Er verschwand in der Öffnung. Rasch nahm ich Zara bei der Hand und folgte ihm.

Drinnen war es dunkler als im Magen eines Vampirs in einem Sarg sechs Fuß unter der Erde bei Nacht.

Zara und ich blieben hinter der Pforte stehen, um unseren Augen Gelegenheit zu geben, sich anzupassen. In dem spärlichen Licht, das von draußen hereinfiel, konnten wir die Umrisse einer fensterlosen Eingangshalle ausmachen. Eine Decke war nicht zu erkennen, sie musste hoch über unseren Köpfen schweben. Zwei Reihen baumdicker Säulen führten in gerade Linie vom Tor fort.

Ich nahm den Sichtschutzdurchdringer von der Nase. Nichts veränderte sich. Offenbar tarnte der mysteriöse Apparat aus der Hölle die Festung lediglich von außen, nicht jedoch das, was sich im Innern befand.

»Hey, warte gefälligst!«, rief ich Asmoduin nach, der mit raschen Schritten den Gang zwischen den Säulen entlangeilte. »Im Gegensatz zu dir können wir im Dunkeln nichts sehen.«

»*Fast* nichts.« Zara fummelte ihr Smartphone aus der Jackentasche und aktivierte die Taschenlampenfunktion. Sofort erstrahlte das Display in hellem Weiß. Da es sich um eines der größten Modelle han-

delte, die man kaufen konnte, gab es ausreichend Licht ab, sodass wir sehen konnten, wohin wir unsere Füße setzen mussten.

»Ich werde nie wieder Witze über die Größe dieses Apparillos machen«, versprach ich, während wir uns vorsichtig in Bewegung setzten.

Obwohl wir uns Mühe gaben, möglichst lautlos aufzutreten, hallte jeder unserer Schritte wie ein Donnergrollen in den finsteren Weiten der Halle wider. Achteckige Steinfliesen bedeckten den Boden, rechts und links glitten in regelmäßigen Abständen die Steinpfeiler vorüber. Es war kalt hier, kälter als draußen. Ein merkwürdiger, schwer zu beschreibender Geruch lag in der Luft. Es roch nach Staub, nach feuchtem Stein und etwas anderem, das mir vage vertraut vorkam. Mir wollte allerdings nicht einfallen, woher.

Nach einem guten Dutzend Schritten schälte sich vor uns eine Wand aus der Dunkelheit. Ihre Abmessungen waren in den Schatten nur zu erahnen, aber in der Mitte klaffte ein Torbogen im Mauerwerk wie ein aufgerissenes Maul. Dahinter führte ein Korridor mit gewölbter Decke tiefer in den Berg. Im Schein unseres mickrigen Lichtleins erkannte ich Asmoduin, ein ganzes Stück voraus. Er eilte den Gang entlang und entfernte sich rasch von uns.

»Ich fände es nicht verkehrt, wenn wir erst mal besprechen würden, wie wir überhaupt vorgehen wollen«, flüsterte ich.

Zara war derselben Ansicht. »Asi, warte!«, zischte sie, als wir am Torbogen ankamen. Obwohl sie ihre Stimme dämpfte, hallten die Worte geisterhaft verzerrt den Korridor entlang.

Doch Asmoduin stoppte nicht, er ging nicht einmal langsamer. Schon wurde seine kleine Gestalt von der Finsternis verschluckt.

Wenn wir ihn nicht verlieren wollten, mussten wir uns beeilen, zu ihm aufzuschließen.

Wir beschleunigten unser Tempo. Nach wenigen Metern passierten wir eine Abzweigung in der linken Wand des Tunnels. Rasch folgten weitere, rechts, dann wieder links. Die Stollenmündungen waren nur als dunkle Schemen zu erahnen, aus manchen wehte ein schwacher Luftzug. Wir blieben auf dem mittleren Weg, aus dem wir nach wie vor Asmoduins leise Schritte hörten.

Als wir den nächsten Seitentunnel passierten, wurde der seltsame Geruch stärker. »Findest du nicht auch, dass es hier komisch riecht?«, fragte ich.

Zara schnüffelte prüfend. »Du hast recht. Ein bisschen wie im Zoo, oder?«

Eine Gänsehaut rieselte meinen Rücken hinab. *Daran* hatte mich der Geruch erinnert: an die Käfige eines Zoos, in denen große Tiere zusammengepfercht hausten.

Bevor ich mir weiter Gedanken darüber machen konnte, passierte es: Aus dem Schatten einer Tunnelmündung zu unserer Linken schoss ein unförmiger Schemen hervor, noch finsterer als die allgegenwärtige Dunkelheit. Etwas packte mit stahlhartem Griff meine Arme und bog sie nach hinten.

Neben mir stieß Zara einen gellenden Schrei aus. Aus dem Augenwinkel sah ich ihr Handy zu Boden fallen und auf dem Display liegen bleiben. Schlagartig war es stockdunkel.

Im selben Moment wurde ich vom Boden hochgerissen. Ein derber Stoß in den Magen trieb mir die Luft aus den Lungen. Weitere Rempler folgten in schnellem Rhythmus, ich wurde auf und ab

geschleudert. Offenbar lag ich wie ein Mehlsack über der Schulter von jemandem, der sich rasch vorwärtsbewegte. Ich versuchte zu schreien, doch die ständigen Stöße raubten mir den Atem. Ich brachte lediglich ein abgehacktes Keuchen zustande.

Wind fuhr mir ins Gesicht. Wir mussten mit enormem Tempo durch die lichtlosen Tunnel hetzen. Ich sandte ein stummes Stoßgebet gen Himmel, dass Wer-immer-mich-schleppte nicht geradewegs gegen eine Wand rannte. Noch immer konnte ich die Arme nicht bewegen, eine riesenhafte warme Pranke presste sie unnachgiebig hinter meinem Rücken zusammen.

Ein tierhafter Geruch stach mir in die Nase. Als ich versuchte, den Kopf in eine andere Richtung zu drehen, kitzelte mich etwas an der Nase. Schaudernd wurde mir klar, dass es diesmal kaum Zaras Haare sein konnten. War es möglich, dass mein Entführer das Haar lang trug?

Oder dass er einen *Pelz* hatte?

Verzweifelt lauschte ich in die Dunkelheit, doch außer dem leisen Tappen großer Füße sowie regelmäßigen, tiefen Atemgeräuschen unmittelbar unter mir war nichts zu hören.

Die Rammstöße in meinen Magen wurden heftiger, offenbar ging es jetzt eine Treppe hinab. Schwindel übermannte mich. Erneut versuchte ich, um Hilfe zu rufen, doch mehr als ein klägliches Krächzen kam nicht dabei heraus.

Wir erreichten den Fuß der Treppe, bogen um eine Kurve, dann um eine weitere. Mittlerweile mussten wir uns tief im Innern des Berges befinden.

Ohne Vorwarnung blieb mein Entführer stehen. Ein markerschütterndes Quietschen, wie von einem schlecht geölten Türscharnier erklang. Ich fühlte mich ein weiteres Mal in die Höhe gerissen, dann flog ich in hohem Bogen abwärts. Ich kam auf den Füßen auf, taumelte, verlor das Gleichgewicht und plumpste schwer auf den Hosenboden. Neben mir ertönten Geräusche eines kurzen Handgemenges, dann verkündete ein gepresster Schmerzenslaut, dass man auch Zara ganz in der Nähe unsanft abgesetzt hatte. Donnernd fiel die Tür zu, ein Schlüssel klackte im Schloss. Dann trat Ruhe ein.

»Zara?«, erkundigte ich mich nach einigen Sekunden. »Bist du okay?«

»Heiliger Swarovski …« Ich hörte, wie meine Cousine sich stöhnend aufrichtete. »Ja, mir geht's gut. Aber was um alles in der Welt war das?«

»Ich habe nicht die geringste Ahnung.« Ich kam ebenfalls auf die Füße und tastete mich vorsichtig von oben bis unten ab. Außer meinen gequetschten Handgelenken, die vermutlich noch eine Weile schmerzen würden, hatte ich nichts abbekommen.

Ringsum war es stockfinster. Vorsichtig, mit ausgestreckten Armen, schob ich mich vorwärts. Nach nicht einmal drei Schritten stieß ich auf eine Wand. Ich tastete mich an ihr entlang, und rund ein Dutzend Schritte und vier Ecken später wusste ich Bescheid.

»Man hat uns in eine Zelle gesperrt!«

KAPITEL 8
in dem Türschlösser geknackt und Schädel zerbeult werden

»Was waren das für Typen? Warum haben sie uns hier eingebuchtet?« Zaras Stimme klang zittrig und dünn.

»Ich fürchte, wir haben gerade die Bewohner der Festung kennengelernt«, erwiderte ich. »Sie haben uns gefangen, weil wir in ihren Augen unbefugte Eindringlinge sind.« Ich ballte die Fäuste. »Das wäre nicht passiert, wenn wir uns zuerst einen Plan zurechtgelegt hätten. Aber ein gewisser gehörnter Besserwisser musste ja wie eine Dampfwalze mitten in dieses sorgsam getarnte Geheimversteck hineintrampeln!«

»Apropos: Wo steckt Asi eigentlich? Meinst du, die Kerle haben ihn ebenfalls erwischt?«

Ich schüttelte den Kopf, was Zara in der Dunkelheit natürlich nicht sehen konnte. »Keine Ahnung. Wahrscheinlich nicht. Er war ein ganzes Stück vor uns, als es passierte.«

»Außerdem dürfte sein Sichtschutz noch aktiv gewesen sein«, fügte Zara voller Hoffnung hinzu.

»Kann sein.« Ich ließ in der Finsternis die Fingerknöchel knacken. »Auf jeden Fall kann er was erleben, wenn ich ihn zu fassen kriege. Wegen ihm sitzen wir jetzt hier fest – an einem Ort, den es offiziell gar nicht gibt, in der Gewalt von Leuten, die wir nicht kennen, ohne Licht und die geringste Aussicht auf …«

Ein metallisches Geräusch aus Richtung Tür ließ mich verstummen.

Es klang wie ein Schlüssel, der im Schloss gedreht wird.

»Sie kommen zurück!« Zara drückte sich ängstlich an mich.

Der Bolzen des Schlosses glitt beiseite. Ein Knauf wurde gedreht, und die Tür schwang quietschend auf.

Ein rötlicher Lichtschein fiel in die Zelle. Er rührte von einer winzigen LED her, die auf einem elektrischen Gerät von der Größe eines Kugelschreibers saß. Und derjenige, der dieses Gerät in der Hand hielt, war niemand anders als …

»Asi!«, stieß Zara erleichtert hervor.

»Wer sonst?« Der kleine Teufel hielt das Gerät so unter sein Kinn, dass das rote Birnchen sein grinsendes Gesicht beleuchtete. »Euer zuverlässiger Helfer in allen Lebenslagen.«

»Dass ich nicht lache!« Ich verschränkte die Arme. »Wo war dieser ›zuverlässige Helfer‹, als wir vor wenigen Minuten überfallen wurden, hä?«

Asmoduin ließ das Licht mit gleichgültiger Miene sinken. »Ich war direkt vor euch im Gang. Von dort konnte ich alles aus sicherer Entfernung beobachten.«

»Heißt das, du hast die Kerle gesehen?«, erkundigte sich Zara aufgeregt. »Wie sahen sie aus?«

»Wieso bist du uns nicht zu Hilfe gekommen?«, wollte ich wissen, noch immer wütend.

»Weil die Angreifer hoffnungslos in der Überzahl waren. Selbst ein kampferprobter, furchtloser Teufel wie ich kennt seine Grenzen.« Asmoduin nickte gewichtig. »Ich hatte keine Chance, euch

rauszuhauen. Stattdessen bin ich euch unbemerkt in die Eingeweide der Festung gefolgt. Und jetzt seid ihr frei. Ist das vielleicht nichts?« Er funkelte mich an und machte Anstalten, die Zellentür wieder zuzudrücken. »Wenn es dir nicht passt, könnt ihr natürlich auch hierbleiben, Schwabbel.«

Hastig trat ich vor und hielt die Tür fest. »So war das nicht gemeint!« Ich deutete auf das Gerät in seiner Hand, aus dessen vorderem Ende mehrere dünne Drähte ragten. »Was ist das? Hast du damit das Schloss geknackt?«

»Ein P-3666, auch elektrischer Passepartout genannt. Nichts Besonderes, nur eine kleine Fingerübung meines Onkels. Öffnet zuverlässig alle erdenklichen Oberweltschlösser.«

»Alle?« Ich machte große Augen.

»Nun sag schon: Wie sehen die Bewohner der Festung aus?«, wiederholte Zara ungeduldig.

Asmoduin knipste den P-3666 aus und steckte ihn fort. Augenblicklich wurde es wieder finster.

»Um es kurz zu machen: Einen Schönheitswettbewerb würden sie nicht gewinnen. Nicht mal in Hel.«

»Geht das vielleicht ein bisschen genauer?«, erkundigte ich mich.

»Kannst du dir eine Mischung zwischen einem Erdferkel, einem Ochsenfrosch und einer Morchel vorstellen?«

Ich nickte zögernd.

»Gut. Dann weißt du schon mal, wie die Typen *nicht* aussehen.« Ich hörte ihn zwei Schritte hinaus auf den Flur machen. »Und da sie jeden Moment zurückkommen können, um mit euren Schädeln Völkerball zu spielen, oder was diese Typen sonst in ihrer Freizeit anstellen, schlage ich vor, dass wir das später klären und uns schleunigst von hier verpfeifen.«

»Aber wie sollen wir den Weg zurück zur Eingangshalle finden?« Ich ertastete den Türrahmen und trat auf den Korridor hinaus.

»Wer will denn zurück zur Eingangshalle, Schwabbel?« Die Stimme des Höllensprosses klang verständnislos. »Wir werden natürlich tiefer in die Festung eindringen! Oder hast du vergessen, warum wir hier sind?«

»Ich, also …« So schwer es mir fiel, das zuzugeben, aber Asmoduin hatte recht. Wir mussten herausfinden, was es mit dem Frostzauber auf sich hatte. Und da wir den Ausweg aus diesem unterirdischen Labyrinth nicht kannten, war es ohnehin egal, in welche Richtung wir gingen.

»Folgt mir einfach«, tönte der kleine Teufel. »Mein unfehlbarer Instinkt wird uns nicht im Stich lassen.« Ohne ein weiteres Wort setzte er sich in Bewegung.

»Moment mal!«, warf Zara ein. »Wir können hier unten nicht die Hand vor Augen sehen, schon vergessen?«

Asmoduin blieb stehen. »Bei Luzifers alles durchdringendem Röntgenblick! Du hast recht.« Er überlegte, dann drückte er mir eine der fingerdicken Zuziehkordeln seines Parkas in die Hand. »Halt dich gut daran fest, Schwabbel. Und deine Cousine soll sich deinen Gürtel schnappen.« Damit drehte er sich um und marschierte los.

Ich weiß nicht, ob ihr euch schon mal mit verbundenen Augen von jemandem habt führen lassen? Nicht gerade ein Riesenspaß, finde ich. Man kann jederzeit gegen ein Hindernis prallen, und jede

noch so kleine Unebenheit im Boden bringt einen zum Stolpern, sogar, wenn euer Führer echt langsam geht.

Unser Führer ging nicht langsam. Im Gegenteil: Ich konnte mich nicht erinnern, dass ich Asmoduin, seines Zeichens Weltmeister im Rumtrödeln, je derart zügig hatte ausschreiten sehen. Ohne Rücksicht darauf, dass wir nicht das Geringste sahen, zerrte er uns stockfinstere Korridore entlang, um Ecken und Biegungen, ansteigende Korridore hinauf und abschüssige wieder hinunter.

Nach einer Zeitspanne, die mir wie Stunden vorkam (tatsächlich waren wir höchstens zehn Minuten unterwegs), wurde es vor uns heller. Am entfernten Ende des Korridors ließ sich ein schwacher, bläulicher Lichtschein erahnen.

Lautlos schlichen wir darauf zu.

Der Gang mündete in ein gewaltiges Gewölbe. Die Wände schienen, ebenso wie die kathedralenartige, hohe Decke, aus milchig angelaufenem Glas zu bestehen. Ich sah genauer hin und stellte fest, dass Luftbläschen in die transparente Masse eingeschlossen waren. Als ich hoch über unseren Köpfen meterlange Eiszapfen erkannte, die größten so dick, dass mein Hosengürtel nicht um sie herumgereicht hätte, begriff ich, dass es sich um Eis handeln musste. Jetzt erst fiel mir auf, wie empfindlich kalt es hier war.

Der blaue Schimmer, den wir von Weitem wahrgenommen hatten, drang durch zahlreiche in die Decke eingelassene Öffnungen herein. Möglicherweise handelte es sich um Sonnenlicht, das viele Hundert Meter höher eingefangen und irgendwie ins Herz des Berges umgeleitet wurde. Der Effekt war verblüffend: Baumdicke, bläulich schimmernde Lichtsäulen ragten in merkwürdigen Winkeln von der Decke bis zum Boden – ein Anblick wie aus einem verrückten Traum.

Entlang der Seitenwände standen Skulpturen aus Eis aufgereiht. Die ungewohnten Lichtverhältnisse machten es schwierig zu erkennen, was sie darstellen sollten. Es schien sich um riesenhafte Krieger in eigentümlich geformten Rüstungen und gehörnten Helmen zu handeln, sicher war ich mir jedoch nicht.

Während ich mich noch verblüfft umsah, rempelte mich Asmoduin unvermittelt von der Seite an. Im Handumdrehen hatte er Zara und mich an den Rand des Saals gedrängt, wo er uns anwies, hinter dem Sockel einer Skulptur in Deckung zu gehen.

Als ich mich erkundigen wollte, was das zu bedeuten hatte, presste mir der Teufel eine rote Hand auf den Mund. Mit der anderen deutete er stumm zum entgegengesetzten Ende des Saals.

Verdutzt folgte ich seinem Finger mit dem Blick – und staunte nicht schlecht.

Im Zentrum mehrerer sich überkreuzender Lichtsäulen, die eine Art Dach bildeten, stand ein steinernes Podest mit einem massiven Thron darauf. Ein halbes Dutzend Stufen führten zu dem Sitz hinauf, der wie alles andere aus blau schillerndem Eis geformt war.

Weit mehr als die exotische Sitzgelegenheit verunsicherten mich allerdings zwei Gestalten, die bewegungslos auf beiden Seiten des Throns standen.

Stellt euch einen Gorilla mit schlohweißem, zottigem Pelz vor, aufrecht stehend wie ein Mensch. Stellt euch vor, er würde vom Kopf bis zu den Zehen seiner gewaltigen, unbehaarten Füße über drei Meter messen. Stellt euch vor, aus seinen Schläfen wüchse ein verästeltes

Geweih wie das eines Rentiers. Stellt euch *zwei* dieser Geschöpfe vor, mit je einer riesigen eisblauen Hellebarde in der Hand. Dann habt ihr einen ganz guten Eindruck davon, was Zara, Asmoduin und ich sahen. Und seid versichert: Nicht einmal die jahrelange Lektüre von Monstercomics bereitet einen ausreichend darauf vor, wie es ist, zwei derartigen Ungetümen leibhaftig gegenüberzustehen!

»Yetis«, hauchte Zara fassungslos. »Das sind Schneemenschen. Du weißt schon, diese geheimnisvollen Wesen, die seit Menschengedenken in allen großen Gebirgsregionen der Welt geheimnisvolle Fußspuren im Schnee hinterlassen.«

Neben ihr schüttelte Asmoduin den Kopf. »Quatsch mit Schwefelsoße. Das sind Reifriesen, die Bewohner Jotünheims.«

Mir wurde ganz anders, als ich daran dachte, dass ich vor Kurzem noch über der Schulter eines solchen Monstrums gelegen und seinen Raubtiergestank eingeatmet hatte. Mit einem Mal war ich dankbar dafür, dass der Überfall im Dunkeln vonstatten gegangen war. Es wäre mir äußerst unangenehm gewesen, mir vor Asmoduin und meiner Cousine vor Angst in die Hosen zu machen.

»Was jetzt?«, krächzte ich.

»Luft anhalten, Schwabbel! Ich muss nachdenken.«

Während Asmoduin mit gerunzelter Stirn grübelte, beobachteten Zara und ich die beiden weißbepelzten Riesen. Sie standen starr zu beiden Seiten des Throns, nur ab und zu verlagerte einer sein Gewicht von einem Bein aufs andere. Vermutlich bestand ihre Aufgabe darin, darauf zu achten, dass sich niemand außer ihrem Herrscher auf dem eisigen Gestühl niederließ. Wer auch immer dieser Herrscher sein mochte.

Mit einem Mal kam Bewegung in Asmoduin. Er wurstelte etwas unter seinem Parka hervor. Das Gerät, das er diesmal zum Vorschein brachte, war ein faustgroßer Metallwürfel an einem Lederriemen. Auf der Vorderseite gab es eine vergitterte Öffnung, hinter der die Membran eines Lautsprechers zu erkennen war. Darüber ragte eine Art Trichter in die Höhe, die mich an ein altmodisches Hörrohr erinnerte.

»Wundjauche und Eiterschorf – ein Glück, dass mich Onkelchen B. vor meiner Abreise so gut ausgestattet hat!« Der kleine Teufel hängte mir den Apparat an dem Riemen um den Hals. Er kam etwa eine Handbreit unter meinem Kinn auf meiner Brust zu liegen.

»Aufgepasst«, zischte er. »Ich verschwinde jetzt für ein paar Minuten. Sobald nur noch einer der beiden Affenköppe übrig ist, trittst du, Schwabbel, aus deiner Deckung und marschierst ohne Zögern auf den verbleibenden zu. Er wird dich natürlich sofort angreifen. Dann verklickerst du ihm laut und deutlich, dass er das besser bleiben lässt, wenn er nicht deine immensen Zauberkräfte zu spüren bekommen will.«

Ich glaubte, nicht richtig gehört zu haben. »Was? Sobald nur noch einer … Ich soll … Also, wenn du glaubst, dass ich …«

Asmoduin gab keine Antwort. Als ich mich nach ihm umdrehte, stellte ich fest, dass er bereits verschwunden war.

»Verdammt! Was hat dieser Verrückte jetzt wieder vor?«

Zara konnte nur mit den Schultern zucken.

Angespannt ließ ich meinen Blick durch die Halle schweifen, ohne den Höllenspross irgendwo zu entdecken.

Plötzlich stieß mich Zara mit dem Ellenbogen an. »Da oben«, flüsterte sie und deutete schräg in die Höhe.

An der Decke oberhalb des Throns, mindestens zehn Meter über dem Boden, krabbelte eine kleine rote Gestalt zwischen den riesigen Eiszapfen umher. Immer wieder schien sie prüfende Blicke in die Tiefe zu werfen.

Was dann folgte, geschah so schnell, dass ich es erst verstand, als bereits alles vorüber war: Mit einem leisen Knirschen löste sich ein Eiszapfen, groß wie ein erwachsener Mann und mindestens doppelt so schwer, von der Decke und schoss senkrecht in die Tiefe. Ein dumpfer Aufschlag, gefolgt von einem erstickten Grunzen, und plötzlich stand von den ehemals zwei Thronwächtern nur noch einer da. Der andere, auf dessen Schädel der Eisbrocken gelandet war, lag bewegungslos unter einem Haufen glitzernder Eissplitter am Boden.

»Dein Einsatz. Los!« Mit einem unsanften Schubser beförderte Zara mich aus unserer sicheren Deckung ins Freie.

Verdattert torkelte ich vorwärts. Sofort geschah, was ich unter allen Umständen vermeiden wollte: Der zweite Yeti – oder Troll, Reifriese, was auch immer –, der eben noch verständnislos seinen bewusstlosen Kollege angeglotzt hatte, fuhr herum. Als er mich erblickte, verengten sich seine Affenaugen. Er packte die Eishellebarde fester und walzte schnaubend wie eine Lokomotive auf mich zu.

»Sprich mit ihm«, erinnerte mich Zara. »Sag ihm, er soll stehen bleiben.«

Meine Cousine hatte leicht reden – *sie* hockte nach wie vor hinter dem Sockel, unsichtbar für das heranstürmende Monstrum.

»Ste…stehen bleiben!«, sagte ich, so fest es mir meine bebende Stimme gestattete.

Für einen kurzen Moment geschah nichts. Dann begann es in dem

Apparat auf meiner Brust, in dessen aufragenden Trichter ich unbeabsichtigt gesprochen hatte, zu knistern. Kurz darauf drangen Geräusche aus dem Lautsprecher auf der Vorderseite.

Eine metallisch klingende Roboterstimme sagte: »*Glorankh forkhdabbak!*«

Das Gesicht des Ungetüms verzog sich dümmlich – genau wie meines, fürchte ich. Dennoch machte es keine Anstalten, in seinem Ansturm innezuhalten. Nur noch ein Dutzend Schritte trennten mich von der glitzernden Schneide seiner Waffe.

»Bleib stehen! Oder meine Zauberkraft wird dich … äh, plattmachen, genau wie deinen Kumpel.« Ich deutete auf den Reifriesen, der von Asmoduins Eisbombe außer Gefecht gesetzt worden war.

Noch vier Meter.

»*Glorankh dabbak, orl imiss-urmal … ö, maldorboror a sorh baphomoth*«, tönte das Gerät.

Endlich zeigte die merkwürdige Taktik Wirkung: Der Reifriese wurde langsamer, blieb stehen. Unsicher warf er einen Blick über die Schulter zu seinem Kumpan. Dann öffnete er den Mund und sagte mit tiefer, grollender Stimme: »Barff olk? Burff a-klokkh?«

Der Würfel auf meiner Brust knisterte, und die roboterhafte Stimme übersetzte: »*Wer bist du? Was willst du von uns?*«

Zum Glück erschien in diesem Moment Asmoduin wieder an meiner Seite. Sein Sichtschutz schien nach wie vor aktiv, der Reifriese ließ jedenfalls mit keiner Regung erkennen, dass er den kleinen Teufel sehen konnte.

»Sag ihm, du seist ein mächtiger Zauberer aus der Welt der Menschen«, trug Asmoduin mir flüsternd auf.

Ich gehorchte.

Der Riese starrte mich misstrauisch an, die Hellebarde nach wie vor schlagbereit erhoben. Ich spürte kalten Schweiß zwischen meinen Schulterblättern hinabrinnen. Zwei, drei rasche Schritte vorwärts, ein kraftvoller Hieb, und ich wäre ein für allemal von der lästigen Last meines Kopfes befreit …

»Orr Ormakh? Bollf sakrak, i-ormuro klakkh-klakkh?«, wollte die Kreatur wissen.

»Ein Zauberer? Woher soll ich wissen, dass du die Wahrheit sprichst?«, dolmetschte der Würfel.

Neben mir rollte Asmoduin wild die Augen. »Hirnblutung und Schizophrenie! Der Kerl ist echt schwer von Begriff. Weise ihn zart darauf hin, dass deine mächtige Magie soeben seinen Kumpel umgenietet hat.«

Ich tat auch dies. Die Reaktion meines Gegenübers fiel jedoch nicht so aus, wie ich gehofft hatte.

»Der Eiszapfen mag durch reinen Zufall herabgestürzt sein«, erklärte der Riese mit einem verächtlichen Schnauben. *»Was sollte mich daran hindern, dir deinen erbärmlichen Schädel zu spalten, Sterblicher?«*

Das fragte ich mich allerdings auch. Hilfe suchend drehte ich mich zu Asmoduin um. Doch der kleine Teufel war schon wieder verschwunden.

»D-du willst einen Beweis meiner Macht?«, stammelte ich. »Den, äh … kannst du haben.«

Glücklicherweise ertönte just in diesem Moment aus dem Hintergrund ein scheppernder Laut. Der Reifriese wirbelte herum.

Asmoduin hatte sich im Schutz der Unsichtbarkeit zu dem bewusstlosen Riesen geschlichen und dessen Hellebarde vom Boden aufgehoben. Es kostete ihn sichtliche Mühe, die über drei Meter lange Waffe hochzuwuchten. Als er sie endlich oben hatte, richtete er die Spitze auf den zweiten Wächter und stolperte los.

Die Augen des Reifriesen weiteten sich ungläubig. Für ihn sah es so aus, als schwebe die Hellebarde von ganz allein durch die Luft auf ihn zu.

Die Wirkung der Illusion war beachtlich. Das Monstrum ließ seine Waffe fallen und rannte mit wehendem Zottelfell davon, wobei es panische Gurgellaute ausstieß, die ein Elefant mit Brechdurchfall kaum überzeugender hinbekommen hätte.

»*Ahh! Ahh!*«, übersetzte der Würfel auf meiner Brust überflüssigerweise.

»Sag ihm, dass du ihn verschonst, wenn er uns sofort zum Anführer seines dämlichen Volkes bringt«, keuchte Asmoduin, als er an mir vorbeigaloppierte, sich mitsamt der schweren Stange in die Kurve legte und dem fliehenden Riesen nachsetzte. »Und beeil dich ein bisschen! Dieses Mistding ist saukalt. Und schwer! Lange kann ich es nicht mehr halten …«

Ich setzte seine Aufforderung in Worte um, die das Gerät auf meiner Brust pflichtschuldig übersetzte.

»*Es sei! Ich tue, was du verlangst!*«, kreischte der Reifriese. »*Ich bringe dich zu König Thrymnir. Aber töte mich nicht mit deiner fliegenden Zauberwaffe!*«

Kaum hatte der Würfel den Satz übersetzt, fiel die Hellebarde auch schon polternd zu Boden.

Der Riese verschnaufte einen Augenblick, dann kehrte er vorsichtig zu uns zurück. Zara, die zwischenzeitlich ebenfalls aus ihrer Deckung hervorgekommen war, bedachte er lediglich mit einem kurzen Seitenblick. Ihr unverhofftes Erscheinen auf der Bildfläche schien ihn nicht sonderlich zu überraschen – offenbar hatte er sich damit abgefunden, dass ich über unerklärliche Zauberkräfte verfügte.

Sein tonnenförmiger Oberkörper neigte sich in einer ehrfürchtigen Verbeugung nach vorn, und er deutete auf einen Torbogen in einer Seitenwand des Thronsaals. *»Folgt mir, o Zauberer.«*

Während Zara und ich hinter dem Giganten hermarschierten, erschien Asmoduin wieder an unserer Seite.

»Ich sag's nicht gern«, erklärte er mit einem anerkennenden Nicken. »Aber das hast du zur Abwechslung mal durchaus ordentlich gemacht, Schwabbel.«

KAPITEL 9
in dem ein großer König auf einen kleinen Bluff hereinfällt

Der Reifriese führte uns durch eisige Korridore mit hoher Decke tiefer und tiefer ins Innere der Bergfestung. Als ihm klar wurde, dass Zara und ich in den dämmrig beleuchteten, zuweilen stockfinsteren Gängen nichts sahen, aktivierte er mit einer gegrunzten Silbe eine Reihe in die Decke eingelassener Eiskristalle, die fortan ein schillerndes, farbloses Licht verströmten.

Hin und wieder begegneten wir anderen Reifriesen. Die Giganten blieben ein ums andere Mal erstaunt stehen und starrten uns an, doch offenbar genossen die Thronwächter innerhalb der Festung hohes Ansehen. Widerspruchslos machte man unserem Führer und uns Platz.

Aufgrund des beachtlichen Tempos, das der Reifriese vorlegte, fielen wir rasch mehrere Schritte zurück. Ich nutzte die Gelegenheit für eine kurze Unterredung mit Asmoduin.

»Was ist das für ein Apparat?« Ich wies auf den Würfel auf meiner Brust.

»Ist das nicht sonnenklar, Schwabbel? Das ist ein akustischer Logik-Transformator.«

»Ein … hä?«

Der kleine Teufel seufzte. »Onkelchen B. hielt es für denkbar, dass mich meine Suche nach dem Gegenzauber in einen Bereich der Ober-

welt führen könnte, dessen regionalen Dialekt meine Sklaven nicht beherrschen. Was ja auch passiert ist.«

»Deine Sklaven?«, wiederholte ich.

»Verbindungsleute! Hab ich Sklaven gesagt? Ich meinte natürlich Verbindungsleute!«

»Wieso haben wir dieses Ding nicht schon früher benutzt?«, wollte Zara wissen. »Um uns besser mit den Norwegern verständigen zu können?«

Asmoduin grinste. »Ich hatte den Eindruck, dass ihr mit den hiesigen Eingeborenen auch ohne den Einsatz hel'scher Technik ganz gut zurechtkommt. Und jetzt Luken dicht! Da vorne tut sich was.«

Der Thronwächter war vor einem Portal aus weißem Marmor stehen geblieben, das von zwei schwer bewaffneten Reifriesen bewacht wurde. Unser Führer wechselte einige Worte mit ihnen, die der Logik-Transformator nicht übersetzte, weil wir zu weit entfernt waren. Einer der Wächter öffnete daraufhin die Tür und verschwand in dem dahinterliegenden Raum.

Wenige Augenblicke später tauchte er wieder auf und nickte dem Thronwächter zu, der daraufhin vor uns durch die Tür trat. Wir folgten ihm in einen Raum, der nach menschlichen Maßstäben riesig wirkte, wenngleich erheblich kleiner als der Thronsaal. Die Wände waren bis zur Decke mit Bücherregalen bedeckt, in denen sich dicke, ledergebundene Wälzer aneinanderreihten. Weiter hinten stand ein langer Tisch mit zwei Dutzend hochlehnigen Stühlen. Sämtliche Möbel schienen aus weißem Stein gemeißelt, demselben Material, aus dem auch die Mauern der Festung bestanden.

Der hintere Teil des Raumes wurde von einem gewaltigen Schreibtisch beherrscht. Dahinter saß, halb verborgen hinter Bergen von Büchern und vertieft in die Lektüre einer steinernen Tafel mit eingemeißelten Runen, der größte Reifriese, den wir bisher gesehen hatten. Seine Arme waren dick wie Baumstämme, die Schultern so breit wie die von drei Preisboxern nebeneinander. Unter seinem Kinn baumelte ein armlanger weißer Ziegenbart, und auf dem massigen Schädel saß ein verschnörkeltes silbernes Gebilde, das sich in komplizierten Schlaufen um die Enden seines Rentiergehörns wand. Der Kopfschmuck war mit Brillanten und aufwendigen Gravuren verziert. Ich vermutete, dass es sich um eine Art Krone handelte.

»Kniet nieder vor König Thrymnir, dem Herrscher des Eisriesenvolkes«, befahl der Thronwächter und sank selbst auf den Boden nieder, ohne unsere Reaktion abzuwarten. *»Verzeiht die Störung, Herr!«*, begann er mit demütig geneigtem Kopf. *»Aber ich hielt es für meine Pflicht …«*

Ohne Vorwarnung schoss der Reifriese hinter dem Schreibtisch in die Höhe. Die Spitzen seines Gehörns schabten quietschend an der Decke entlang, und mir blieb für einen Augenblick die Luft weg, als mir klar wurde, *wie* riesig das Ungetüm tatsächlich war. Aus seinem aufgerissenen Maul, dessen Eckzähne lang und gebogen waren wie die einer Raubkatze, drang ein Grollen, als hätte jemand in einem Tonstudio die Detonation einer Fliegerbombe mit dem Gebrüll eines hungrigen Löwen zusammengemixt. Zara presste sich erschrocken die Hände auf die Ohren.

Der Logik-Transformator auf meiner Brust stieß ein erbärmliches Knistern aus, dann erfüllte er seine Pflicht:

»Was hat das zu bedeuten, Børger? Wieso führst du diese Gefangenen in meine privaten Gemächer, die eigentlich sicher verwahrt in ihrer Kerkerzelle ihr Schicksal erwarten sollten?«

Børger – der Reifriese, der uns hergebracht hatte – schrumpfte sichtlich zusammen. Er stammelte eine weitere Entschuldigung, dann informierte er seinen Herrn in knappen Sätzen, was sich im Thronsaal zugetragen hatte. Als er meine angeblichen Zauberkräfte erwähnte, verengten sich die Augen des Königs gefährlich. Er beugte sich vorwärts, wobei er sich mit einer seiner Pranken auf der Schreibtischplatte abstützte. Mit der anderen bedeutete er Børger, sich zu entfernen. Der Reifriese gehorchte und bezog einige Schritte hinter uns Aufstellung.

»Ein Magier. So, so …« Thrymnir musterte mich von oben bis unten. *»Sonderbar. Du siehst gar nicht aus wie ein Zauberer.«*

»Sie sehen auch nicht so aus, wie ich mir einen König vorstelle«, gab ich zurück – nur um mir im nächsten Augenblick auf die Zunge zu beißen. Die ständigen Beleidigungen, die ich in der Schule Tag für Tag von Faust und anderen Schwachmaten um die Ohren gehauen bekam, hatten dazu geführt, dass ich automatisch zurückschoss, sobald mir jemand dumm kam. »In der Welt der Sterblichen hat sich vermutlich einiges verändert, seit Sie zum letzten Mal dort waren«, fügte ich rasch hinzu. »Heutzutage … äh, sehen dort alle Magier so aus wie ich.«

»Hmmm.« Der König der Reifriesen starrte mich weiter an. Er schien mir die scharfe Erwiderung nicht übel zu nehmen. Möglicherweise fasste er meine Schlagfertigkeit sogar als Beweis dafür auf, dass ich wirklich ein Magier war und keine Angst vor ihm hatte.

Wenn er gewusst hätte, wie falsch er lag!

»Zwei minderjährige Menschlein in Jotünheim, einer davon ein Zauberer«, fasste er zusammen. Der lauernde Blick seiner kleinen, fast schwarzen Augen machte mich allmählich nervös.

»Was führt euch an diesen entlegenen Ort? Und wie ist es euch gelungen, den getarnten Zugang zu unserer Wohnstatt aufzuspüren?«

»Magie«, sagte ich knapp. Ich hielt es für keine gute Idee, Asmoduin schon jetzt ins Spiel zu bringen, obwohl ich aus dem Augenwinkel sah, dass der kleine Teufel ungeduldig von einem Bein aufs andere hüpfte. Er brannte darauf, sich sichtbar zu machen und ebenfalls mitzumischen. Doch das musste warten.

So selbstsicher ich konnte, erklärte ich dem König, dass ich als Zauberer seit Jahren freundschaftliche Beziehungen zu Hel unterhielte. Wie ich erwartet hatte, brachte die Erwähnung der Hölle den König nicht im Geringsten zum Stutzen. Im Gegensatz zu den Menschen wusste er um die Existenz der Unterwelt tief im glutflüssigen Kern der Erde. Auch der Umstand, dass ich als Sterblicher Kontakt mit ihren Bewohnern hatte, schien ihn nicht weiter zu verwundern.

Ich fuhr fort, berichtete von der Eissauna Shaitans III. und davon, dass der Frostzauber, der sie antrieb, außer Kontrolle geraten war. Wieder zeigte der Herrscher kein Anzeichen von Überraschung.

Als ich fertig war und verstummte, schwieg Thrymnir eine ganze Weile, ohne seine unergründlichen Augen von mir abzuwenden. Ich spürte, wie mir der Schweiß ausbrach – so musste sich eine Maus fühlen, wenn sie einer Katze gegenüberstand.

Schließlich ließ sich der Koloss auf seinen Stuhl zurücksinken. *»Du sprichst wahr, Menschlein. Ich erinnere mich dunkel, dass die*

Weisen meines Volkes, entgegen unserer sonstigen Politik, vor eineinhalb Jahrtausenden die Formel für einen starken Frostzauber an einen Sterblichen ausgaben, der uns im Gegenzug mit einem wertvollen Gastgeschenk bedachte.«

»Stígandr«, warf ich ein.

»*Mag sein, dass dies sein Name war*«, gab der König unbewegt zurück. »*Die Gattung der Naturzauber ist jedenfalls die mächtigste, die wir Reifriesen kennen. Wird ein Frostzauber freigesetzt, egal ob absichtlich oder unbeabsichtigt, gibt es nichts, was seine Wirkung mildern oder die beständige Potenzierung seiner Macht stoppen könnte … außer einer einzigen, speziell zu diesem Zweck geschaffenen Gegenformel.*«

Ich nickte. »Deswegen sind wir hier. Wir brauchen diese Formel.«

Thrymnir fixierte mich noch eisiger als zuvor, falls das überhaupt möglich war. »*Als weiser Zauberer, der du bist, wirst du mir gewiss eine Frage beantworten können, Menschlein: Aus welchem Grund sollte ich dir diese Formel geben?*« Er lehnte sich zurück und ließ die mächtigen Muskeln seiner Schultern spielen. »*Wir Reifriesen leben seit Jahrtausenden hier, allein und abgeschieden von der Welt. Die Geschicke anderer Völker interessieren uns nicht, weder eure noch die der Bewohner Hels.*«

Das Gespräch begann eine Wendung zu nehmen, die mir nicht behagte. »Wenn die Vereisung der Unterwelt nicht aufgehalten wird, gerät das Massefeld der Erde ins Ungleichgewicht«, erklärte ich. »Innerhalb kurzer Zeit würde der Planet aus seiner Umlaufbahn geschleudert und in die eisigen Tiefen des Alls hinausschießen.«

Das Gesicht des Königs verzog sich zu einem boshaften Lächeln. »›*Die eisigen Tiefen des Alls*‹? *In meinen Ohren hört sich das aus-*

gesprochen idyllisch an, o Zauberer.« Er wiegte seinen schweren Kopf. *»Menschen, Teufel … alles störende Gezücht wäre ein für allemal vom Angesicht dieses Planeten getilgt, und wir Reifriesen hätten auf ewig unsere Ruhe.«* Er kraulte sich bedächtig den weißen Bart. *»Ich hätte absolut nichts dagegen, wenn das geschähe.«*

»Die Atmosphäre der Erde würde zerstört«, unternahm ich einen weiteren Anlauf. »Und im Weltall gibt es keinen Sauerstoff. Was würdet ihr atmen?«

Thrymnir machte eine abwinkende Handbewegung. *»Unsere Weisen können mithilfe der alten Naturzauber mit Leichtigkeit ausreichend Luft für uns schaffen. Wer Eis erzeugen kann, kann auch andere Elemente erzeugen. Du als Zauberer solltest das eigentlich wissen!«*

»Äh, natürlich«, sagte ich rasch. »Aber auch das würde nicht lange gut gehen. Die Erde … sie könnte mit anderen Planeten zusammenstoßen. Mit Meteoriten, Asteroiden, Kometen. Oder sie könnte einfach irgendwann auseinanderbrechen, nachdem sie lange genug vereist durchs All getrudelt ist.«

Der König zuckte mit den Schultern. *»Wenn das geschehen soll, ist es der Wille der Götter. Und wer wären wir, den Willen der Götter zu hinterfragen?«* Er entblößte grinsend seine riesigen Zähne. *»Ich frage dich noch einmal, o Zauberer: Wieso sollten wir euch helfen? Welche Gegenleistung könntest du mir anbieten, die es wert wäre, dafür in die uralten Höhlen unter unserer Festung hinabzusteigen und in den magischen Archiven nach der passenden Formel zu suchen?«*

Sosehr ich mir auch den Kopf zerbrach – mir wollte nichts einfallen. Thrymnir war klar in der besseren Verhandlungsposition: Die Reifriesen hatten nichts für andere Völker übrig, sie fürchteten

weder Kälte noch Einsamkeit. Selbst ihre eigene Vernichtung war ihnen mehr oder weniger gleichgültig. Es gab keinen Grund, weshalb sie Hel oder der Menschheit behilflich sein sollten.

Ich schloss die Augen und erwog, dem König mit meinen Zauberkräften zu drohen, wie ich es schon bei seinem Thronwächter getan hatte. Als ich die Augen wieder öffnete, fiel mein Blick auf das noch immer grinsende, monströse Gebiss meines Gegenübers. Mit ernüchternder Klarheit begriff ich, dass ich eine solche Scharade keine fünf Sekunden durchhalten würde.

Das war's dann also – so weit waren wir gekommen, nur um kurz vor dem Ziel zu scheitern. Zwar war es uns gelungen, den Herkunftsort des Frostzaubers zu finden, doch den Gegenzauber würden wir nicht kriegen. Die Erde war geliefert, die Menschheit zum Untergang verdammt.

Aus und vorbei!

»Vielleicht gibt es doch etwas, das wir Euch im Gegenzug für Eure Hilfe bieten könnten, Herr König«, mischte sich Zara unvermittelt ein.

Verwundert drehte ich mich zu ihr um. Ich hatte mitbekommen, dass Asmoduin während meines Gesprächs mit dem König mehrfach mit meiner Cousine getuschelt hatte. Was die beiden allerdings vorbringen wollten, um Thrymnir umzustimmen, war mir völlig schleierhaft.

»Ihr habt Euch gefragt, wie es uns möglich war, den Zugang zu Eurem Reich zu entdecken, obwohl Eure Festung durch einen in Hel konstruierten Sichtschutzwall vor den Blicken Sterblicher verborgen ist, oder?«

Als Zara den Tarnmechanismus Jotünheims erwähnte, schwand Thrymnirs Grinsen, er runzelte unwillig die Stirn. Es schien ihm gar nicht zu schmecken, dass zwei Menschenkinder über dieses Geheimnis Bescheid wussten. *»Das habe ich mich mit Verlaub gefragt«*, grollte er. *»Wie habt ihr es angestellt?«*

»Ihr habt den betreffenden Apparat vor rund eintausendvierhundert Jahren von einem Schamanen namens Stígandr bekommen«, fuhr Zara unbeirrt fort. »Dieser hatte ihn von einem Abgesandten Hels, einem Minister namens Diavliç, mit dem er bereits des öfteren Geschäfte gemacht hatte. Als Gegenleistung für diese Gabe wurde ihm gestattet, den Rest seines Lebens in eurer Festung zu verbringen und sogar auf eure magischen Archive zuzugreifen. Mit dem Eiszauber, den er sich darauf erbat, bezahlte er bei Minister Diavliç rückwirkend den Generator.«

Das haarige Gesicht Thrymnirs verzog sich zu einer wütenden Fratze. *»Woher weißt du all das, Mensch? Es gibt keine Aufzeichnungen über diesen Handel, und Stígandr hat Jotünheim nach der Transaktion nie mehr verlassen, um jemandem davon zu erzählen.«*

»Das ist unerheblich.« Zara winkte ab.

Noch immer fragte ich mich, worauf sie eigentlich hinauswollte.

»Viel bedeutsamer ist, dass Stígandr Euch damals eine wichtige Information bezüglich seines Geschenks vorenthalten hat.«

Thrymnir stieß ein unartikuliertes Knurren aus, das nicht einmal der Logik-Transformator übersetzen konnte.

Zara nickte ernst. »Eine Information, die Stígandr von Minister Diavliç anvertraut worden war. Er wagte jedoch nicht, sie an euch weiterzugeben, aus Angst, ihr könntet ihm den Aufenthalt hier ver-

weigern, wenn ihr merkt, dass seine Gabe ein kleines Manko besitzt …«

Ich starrte Zara verwundert an. Was sie da erzählte, war völliger Quark, eine fiktive Geschichte, die ihr Asmoduin eingeflüstert haben musste. Nur wozu? Was sollte das?

»*Wovon sprichst du, Mensch?*«, grollte Thrymnir.

»Der Generator, der den Sichtschutzwall speist, verfügt nur über Energie für einen bestimmten Zeitraum«, behauptete Zara im Brustton der Überzeugung. »Nach Ablauf dieser Frist bricht der Sichtschutz zusammen, und jeder Sterbliche, der eine Wandertour durch dieses Tal unternimmt, kann eure Festung in ihrer ganzen Pracht bewundern.«

Die Pranken des Reifriesen ballten sich zu Fäusten.

Zara verschränkte die Arme vor der Brust. »Die Frist währte gut tausendvierhundert Jahre, ein paar mehr oder weniger, bedingt durch die klimatischen Gegebenheiten vor Ort. Just heute Morgen war der Generator endgültig leer, der Schirm versagte. *Deswegen* hatten wir keine Probleme, das Tor eurer Festung zu finden und uns Zutritt zu verschaffen.«

Eine unheilvolle Stille senkte sich über den Raum. Thrymnir starrte abwechselnd von Zara zu mir und wieder zurück. Sogar Børger im Hintergrund schien gespannt den Atem anzuhalten.

»*Angenommen, du sprächest wahr …*«, begann der König gefährlich leise.

»Der lebende Beweis steht vor Euch«, unterbrach ihn Zara. »Wir wären nicht hier, wenn Eure Festung noch immer unsichtbar wäre.« Sie sah sich mit mitleidiger Miene um. »Schade eigentlich … Da sich heutzutage erheblich mehr Sterbliche in diesem abgelegenen Teil Norwegens herumtreiben als früher, dürfte es nur eine Frage von Tagen sein, bis man euch hier entdeckt.« Sie seufzte theatralisch. »Hier wird schon bald ein riesiger Rummel herrschen. Das Leben der Reifriesen wird sich nachhaltig verändern, fürchte ich.«

Trotz des dichten weißen Pelzes, der sein Gesicht bedeckte, hatte ich den Eindruck, das Thrymnir blass wurde. *»Du erwähntest ein Angebot, das ihr im Tausch für den Gegenzauber machen könntet«*, brachte er hervor. *»Hat es mit dem Sichtschutzgenerator zu tun?«*

Zara schnippte mit den Fingern. »Zufälligerweise ja! Denn glücklicherweise ist das Reaktivieren des Generators gar nicht schwierig.«

»Ihr könnt das?« Der Reifriese sprang auf den Bluff an. *»Ihr könnt dafür sorgen, dass mein Volk wieder vor den Blicken nervtötender Sterblicher geschützt ist?«*

Sekunden vergingen, ohne dass Zara antwortete. Ich drehte mich zu ihr um und sah, dass der nur für uns sichtbare Asmoduin ihr hektisch etwas ins Ohr flüsterte. Schließlich sagte sie: »Leider nicht. Nur ein Bewohner Hels vermag den Mechanismus des Generators zu bedienen.«

Thrymnir sackte in sich zusammen. *»Dann sind wir verloren. Bis wir Kontakt mit Hel aufnehmen und einen Handel zur Wartung des Mechanismus abschließen könnten, ist Jotünheim längst entdeckt.«*

»Vielleicht auch nicht …«, entgegnete Zara geheimnisvoll.

Im selben Moment ertönte ein Stück hinter dem König ein lautes *Puff*. Eine gelbe, schweflig stinkende Wolke schien aus dem Nichts zu entstehen und breitete sich rasch aus, wie farbige Tinte in Wasser. Als die Schwaden sich wieder senkten, wurde eine kleine, knallrote

Gestalt sichtbar, die breitbeinig wie ein Rockstar im Zentrum der Wolke stand.

Asmoduin!

An den verdatterten Mienen Thrymnirs und Børgers konnte ich ablesen, dass sie den kleinen Teufel nun ebenfalls sehen konnten. Mit weit aufgerissenen Augen starrten sie den unverhofften Besucher an.

Ich tat dasselbe, denn Asmoduin sah irgendwie anders aus als sonst. Anstatt der beiden murmelgroßen Gnubbel auf seiner Stirn, die sein noch immer nicht durchgebrochenes Gehörn markierten, prangten dort zwei imposante, nach hinten gebogene Hörner, spitz wie arabische Dolche. Als ich genauer hinsah, erkannte ich zwei dünne, fast unsichtbare Gummibänder, die die Attrappen an Ort und Stelle hielten. Doktor Beelzeburgh musste seinem Neffen neben diversen technischen Apparaten auch ein künstliches Gehörn mitgegeben haben – vielleicht, damit Asmoduin bei etwaigen Verhandlungen in der Oberwelt einen besseren Eindruck machte.

Tatsächlich sah der Höllenspross mit den verlängerten Auswüchsen eine ganze Ecke erwachsener aus. Mit stolzgeschwellter Brust – tatsächlich war es eher ein stolzgeschwellter Bauch – marschierte er auf den König der Reifriesen zu.

»Apokalypse und Völkermord!« Ohne das geringste Anzeichen von Ehrfurcht oder gar Angst trat Asmoduin dicht vor den Herrscher der Reifriesen, der ihn an Körpergröße mindestens um das Vierfache überragte. »Ihr habt verdammtes Glück, König! *Zufällig* machte ich gerade mit meinen beiden sterblichen Freunden eine kleine Bildungsreise durch Vorwerken …«

»Norwegen«, zischte Zara hinter vorgehaltener Hand.

»Ein Teufel«, stellte Thrymnir mit unverhohlener Überraschung fest.

»Ein Teufel? *Ein* Teufel?« Asmoduin riss die Arme hoch. »Bei Luzifers sechs Milliarden giftiger Barthaare! Ich will dir sagen, wen du vor dir hast, König: Ich bin Asmoduin vom Stamme der Baal, Vernichter von Welten, Ururur-«

»Du kannst den Sichtschutzgenerator reaktivieren?«, unterbrach ihn der Reifriese.

Asmoduin ließ die Arme sinken und nickte pikiert. »Allerdings. Aber das tue ich nur, wenn ihr uns im Gegenzug die magische Formel gebt, mit der sich der Frostzauber deaktivieren lässt. Capito?«

Thrymnir starrte uns finster an. Schließlich erhob er sich und richtete sich zu seiner ganzen, beeindruckenden Größe auf.

»Eine Entscheidung von solcher Tragweite kann ich nicht allein treffen«, verkündete er dumpf. *»Der Rat der Weisen muss zusammentreten.«*

KAPITEL 10

in dem die Uhr tickt und ein ausgeschwitzter Ring den Besitzer wechselt

Eine Abordnung Reifriesen führte uns in eine fensterlose Kammer mit einem steinernen Tisch und mehreren Stühlen. Hier war es zum Glück nicht ganz so kalt wie im Rest der Festung. Nachdem Asmoduin lange genug gequengelt hatte, brachte man uns sogar etwas zu essen – eiskaltes Wasser und einen Stapel bretttharter Fladenbrote.

Dann hieß es abwarten.

»Die Sache mit dem angeblich defekten Sichtschutz war ein Geistesblitz«, gab ich zu. »Aber was machen wir, wenn einer von den Reifriesen auf die Idee kommt, sich die Sache von außen anzuschauen? Wenn sie merken, dass der Unsichtbarkeitsschirm nach wie vor aktiv ist?«

Asmoduin zerkaute krachend ein Stück Brot. »Dann behaupte ich, die Augen der Reifriesen hätten sich im Lauf der Jahrhunderte so sehr an die Illusion gewöhnt, dass sie den Unterschied nicht mehr wahrnehmen können.« Er machte eine wegwerfende Geste. »Oder irgendwas anderes.«

Zara, die mit angezogenen Beinen auf einem Stuhl hockte, schüttelte den Kopf. »Ich glaube nicht, dass König Thrymnir die Sache hinterfragen wird. Der Umstand, dass wir einfach so in seine Festung reinmarschieren konnten, hat ihn schwer verunsichert. Und die Aussicht, Jotünheim könnte schon bald von Heerscharen an Touristen belagert werden, hat ihn regelrecht schockiert. Denn dann wäre es mit der Abgeschiedenheit und Ruhe, die er und sein Volk so schätzen, ein für allemal vorbei.«

»Allerdings.« Nachdenklich starrte ich den Brotkanten in meiner Hand an. »Unsere Welt hat sich stark verändert, seit die Menschen das letzte Mal Kontakt mit diesen Geschöpfen hatten. Ich glaube kaum, dass man den Reifriesen im einundzwanzigsten Jahrhundert noch dieselbe respektvolle Verehrung entgegenbrächte wie zu Stígandrs Zeiten. Wahrscheinlich würde zuallererst die norwegische Armee anrücken und die Festung dem Erdboden gleichmachen. Und die letzten Reifriesen würden als Attraktion in irgendeinem Zoo enden.«

Zara winkte ab. »Dazu wird es nicht kommen.« Sie warf Asmoduin einen fragenden Blick zu. »Oder besteht tatsächlich die Gefahr, dass dem Sichtschutzgenerator eines Tages der Saft ausgeht?«

»Quatsch mit Schwefelsoße! Was mein Onkel Beelzeburgh konstruiert, das hält ein Leben lang. Und das Leben eines Teufels kann *verdammt* lang sein, wie ihr wisst.« Er deutete grinsend auf das Brot in meiner Hand. »Isst du das nicht mehr, Schwabbel?«

Stunden verstrichen, ohne dass etwas geschah. Irgendwann zog Asmoduin den klobigen Zeitmesser aus der Tasche und warf einen Blick darauf. Er verengte die Augen, schüttelte das Gerät, schnipste mit dem Finger gegen das Glas. Die Art, wie sich sein rotes Gesicht daraufhin verzog, gefiel mir überhaupt nicht.

»Was ist? Wir müssten noch über drei Tage Zeit haben, bevor eure Hauptstadt vollständig vereist ist und dein Volk an die Oberfläche fliehen muss. Oder etwa nicht?«

Er schüttelte den Kopf. »Der Zeiger hat einen Sprung nach vorne gemacht. Mittlerweile ist kaum mehr ein Tag übrig«, verkündete er mit Grabesstimme.

»Wie ist das möglich?« Zara sprang auf. »Vielleicht ist das Ding kaputt?«

Asmoduin schüttelte erneut den Kopf. »Der Fristmesser ist drahtlos mit verschiedenen Messgeräten im Labor meines Onkels verbunden. Wenn der Zeiger schneller vorrückt, bedeutet das, das Eis hat einen explodierzellen Sprung gemacht …«

»Exponentiell«, korrigierte ich.

»… und breitet sich noch rascher aus als erwartet.« Mit starrem Blick steckte er die Uhr wieder fort. »Wenn jetzt nicht bald was passiert, sehe ich ascheschwarz.«

Zara warf einen Blick auf ihre eigene Uhr. »Es ist schon spät am Abend. Wieso tut sich nichts?«

Ich stand auf und trat zur Tür der Kammer, um mich bei unserem Wächter zu erkundigen, wie lange der Rat der Weisen noch zu tagen gedenke. Als ich sie öffnete, ertönte von draußen ein gegrunzter Alarmschrei. Einen Sekundenbruchteil später sah ich mich mit einem halben Dutzend Eislanzen konfrontiert, die auf mein Gesicht gerichtet waren – König Thrymnir wollte offenbar unter allen Umständen vermeiden, dass wir erneut verdufteten, und hatte gleich einen ganzen Trupp Wachen im Korridor postiert.

Nachdem ich den übernervösen Eisriesen klargemacht hatte, dass ich nicht zu fliehen beabsichtigte, schickten sie einen davon, um sich nach dem Verlauf der Gespräche zu erkundigen. Er kehrte wenig später zurück und teilte uns mit, dass die Ratssitzung noch im Gange sei und man uns informieren werde, sobald ein Entschluss gefasst wäre. Etwas später tauchte ein kleinerer Reifriese auf – falls es eine Riesin war, unterschieden sich die Frauen kaum von den Männern – und brachte uns einen Topf mit dampfender, würzig duftender Suppe. Sie schmeckte eigenartig, nach unbekannten Kräutern, aber nach einem langen Tag in der Kälte fand ich sie köstlicher als jeden Cheeseburger.

Es wurde immer später. Irgendwann erklang von unter dem Tisch, wo Asmoduin sich zusammengerollt hatte, ein vertrautes Sägen und Schnorcheln. Ich fragte mich, wie er in dieser Situation schlafen konnte, doch dann merkte ich, dass Zara ebenfalls eingenickt war, dick eingemummt in Jacke, Schal und Mütze. Der Tag war anstrengend gewesen, und wir konnten nichts tun, um den Ablauf der Dinge zu beschleunigen. So machte auch ich es mir auf einem der harten Stühle bequem, so gut es ging, und wenig später forderten der frühe Aufbruch und die unzähligen gewanderten Kilometer ihren Tribut. Ich schlief ein.

Ein Donnerschlag ließ mich aus meinem Schlummer hochfahren. Erschrocken riss ich die Augen auf.

Die Tür der Kammer stand offen. Sie war so schwungvoll aufgerissen worden, dass sie gegen die rückwärtige Wand gekracht war. Ein Reifriese stand in der Mitte des Raums. Möglicherweise war es Børger, aber sicher war ich mir nicht. Dazu sahen die pelzigen Kolosse einander einfach zu ähnlich.

»*Mitkommen!*«, krächzte die Roboterstimme aus dem Logik-Transformator.

Wir beeilten uns, Asmoduin zu wecken, der trotz des Lärms weiterschnarchte, und folgten dem Riesen nach draußen. Flankiert von einem halben Dutzend lanzenbewehrter Bewacher gelangten wir zum zweiten Mal in den weitläufigen Thronsaal. Anders als bei unserem ersten Besuch war er diesmal allerdings keineswegs leer.

Mindestens hundert hünenhafte Reifriesen standen an den Längsseiten des Saales aufgereiht und präsentierten steif wie Zinnsoldaten ihre Hellebarden und Lanzen. Auf dem Thron saß, wie kaum anders zu erwarten, Thrymnir, leicht erkennbar an seiner überragenden Größe und dem verschlungenen Kopfschmuck. Zu beiden Seiten des Podests hatte man zusätzliche Stühle aufgestellt. Auf ihnen kauerten zehn hagere Reifriesen von gebeugter Statur. Ihr schlohweißer Zottelpelz war so lang, dass er bis auf den Boden herabhing, und ihre schwarzgrauen Gehörne wiesen eine auffallend hohe Zahl an Verästelungen auf.

Die Weisen von Jotünheim, schoss es mir durch den Kopf.

Als wir uns dem Thron näherten, erhob sich Thrymnir und kam langsam die Stufen herab. *»Der Rat hat entschieden«*, verkündete er.

»Das haben wir uns fast gedacht. Hat ja auch lange genug gedauert.« Asmoduin blickte demonstrativ auf sein Handgelenk, als trüge er eine Armbanduhr. »Und *was* hat er entschieden, bei Luzifers übervollem Terminkalender?«

Thrymnir erreichte den Boden. Sofort erhoben sich die greisen Reifriesen von ihren Stühlen.

»Wir werden euch geben, was ihr wünscht …«, erklärte der König nach einer bedeutungsvollen Pause.

Mir fiel ein ganzes norwegisches Gebirge vom Herzen. Aus Reflex packte ich Zaras Hand und quetschte sie.

»*... unter der Bedingung, dass der Junge aus Hel im Morgengrauen unseren Sichtschutzgenerator wieder instand setzt!*«

»Null Problemo, König. Für einen Abkömmling der Baal ist das ein Kinderspiel.« Obwohl Asmoduin dick wie immer auftrug, blieb mir das leichte Zittern seiner Stimme nicht verborgen. Der Höllenspross war mindestens ebenso erleichtert wie wir!

Ein uralter Reifriese trat vor. In einer Pranke hielt er eine bräunliche Schriftrolle, die andere hatte er zur Faust geballt. Mit einer Stimme, die deutlich brüchiger war als die seines Herrn, begann er zu reden. Der Logik-Transformator benötigte einen halben Herzschlag, um sich auf den neuen Sprecher einzustellen, dann übersetzte er gewohnt blechern:

»*Es war nicht einfach, in unseren Archiven jene eine Formel zu ermitteln, die der Mensch Stígandr vor eineinhalb Jahrtausenden von uns erhielt*«, begann er. »*Doch nur mit der exakt passenden Gegenformel kann ein so mächtiger Naturzauber wie der Frostspruch außer Kraft gesetzt werden. Glücklicherweise war unsere Suche von Erfolg gekrönt.*« Er hob die Hand mit der Schriftrolle. »*Dies ist die Formel, die ihr benötigt. Sie ist in Norrønt geschrieben, einer nordgermanischen Ursprache, die zu lesen und zu sprechen das Geschlecht der Menschen schon lange verlernt hat. Damit ihr sie dennoch verwenden könnt, haben wir eine lautmalerische Transkription in Schriftzeichen beigefügt, wie sie heute gebräuchlich sind.*«

»Eine lautmalerische Tranni... *was?*« Asmoduin machte ein dümmliches Gesicht.

»Sie haben aufgeschrieben, wie man die Worte aussprechen muss«, erklärte ihm Zara leise.

Der Alte hielt uns die Schriftrolle hin. Sofort sprang Asmoduin vor und riss sie an sich.

»Fußpilz und Salmonellen! Die Firma dankt.«

»Ihr müsst die Formel exakt so rezitieren, wie es in diesem Schriftstück notiert ist«, fuhr der Weise fort. *»Darüber hinaus muss der Sprecher dies hier tragen …«*

Er öffnete seine Faust. Auf der runzligen Handfläche kam ein Ring zum Vorschein. Er sah unauffällig und schmucklos aus, und obwohl er nach menschlichen Maßstäben von normaler Größe war, wirkte er auf der riesigen Pranke des Reifriesen eher wie Kinderschmuck aus einem Kaugummiautomaten. Ich trat vor und nahm den Ring vorsichtig an mich. Er war außen wie innen völlig glatt und auffallend schwer. Vermutlich bestand er aus massivem Silber.

»Tief in den Kavernen unterhalb dieses Berges ruht seit Jahrtausenden Draupnir, der magische Ring Odins, mit dessen Hilfe dieser einstmals die Welt erschuf«, erklärte der Alte mit hörbarer Ehrfurcht. *»Noch heute tropfen in jeder neunten Nacht weitere Ringe aus dem Draupnir hervor, acht an der Zahl. Ein jeder birgt ein gewisses Quantum der Macht, die Odins Meisterring einst innewohnte.«* Seine schwarzen Augen sahen mich ernst und beinahe traurig an. *»Dies ist einer von ihnen.«*

»Acht ausgeschwitzte Ringe? In jeder neunten Nacht?« Asmoduin glotzte den Ring irritiert an. »In Tausenden von Jahren macht das nach Adam Riese … eine verdammte Menge an Schwitzringen!«

Ich stieß ihm einen Ellenbogen in die Seite. Dieses Schmuckstück bedeutete den Reifriesen viel, das konnte ich spüren. »Wir danken euch«, sagte ich mit belegter Stimme.

»Dankt uns mit Taten statt mit Worten«, tönte König Thrymnir. *»Reaktiviert unseren Sichtschutz. Und anschließend lasst euch niemals wieder im Jotunheimen-Gebirge blicken.«*

»Gebongt.« Asmoduin rieb sich die Hände und warf einen auffordernden Blick in die Runde. »Jetzt, wo der Deal geschlossen ist und wir alle Freunde sind, wollt ihr uns doch bestimmt noch zu einem gehaltvollen Mitternachtsimbiss einladen, oder? Diese komische Kräuterbrühe vorhin war ja allenfalls was für den hohlen Zahn!«

KAPITEL 11
in dem eine unangenehme Entdeckung gemacht und eine unfreiwillige Reise angetreten wird

»Hühnerauge und Feuerwarze! Das wäre erledigt.« Mit einem zufriedenen Gesichtsausdruck trat Asmoduin aus der Tür und warf den ölverschmierten Lappen, mit dem er sich die Hände abgewischt hatte, hinter sich. »Für die nächsten paar tausend Jahre solltet ihr mit diesem Baby keine Probleme mehr haben.«

»Du hast den Energievorrat des Generators neu aufgeladen?«, vergewisserte sich Børger, der zusammen mit Zara, mir und einigen Wachen im Korridor gewartet hatte.

Die Eisriesen hatten uns früh am Morgen geweckt und zu einem Maschinenraum in der Nähe der Eingangshalle gebracht, wo die in Hel entwickelte Tarnmaschine untergebracht war. Zara und ich hatten nur einen kurzen Blick auf den Apparat werfen können, der für meine Begriffe Ähnlichkeit mit einer Befüllungsanlage für Wurstkonserven hatte. Dann hatte Asmoduin uns und den Reifriesen die Tür vor der Nase zugeschlagen. Er bestand darauf, die notwendigen Arbeiten allein vorzunehmen. Das war auch besser so, schließlich gab es an der Maschine ja überhaupt nichts zu reparieren.

Während der kleine Teufel im Maschinenraum war, gähnten Zara und ich vor der Tür um die Wette. Da König Thrymnir sich nicht nachsagen lassen wollte, sein Volk sei ungastlich, war er Asmoduins frecher Aufforderung am Vorabend nachgekommen und hatte uns zu Ehren ein nächtliches Festmahl auftischen lassen. Gemeinsam mit ausgewählten Reifriesen sowie dem kompletten Rat der Weisen durften wir an der Tafel in den Privatgemächern des Königs Platz nehmen und bekamen Braten, Klöße und ein Ragout aus riesigen Pilzen vorgesetzt, die die Reifriesen in den Tiefen ihrer Höhlen züchteten. Das Festmahl zog sich schier endlos hin, und als Børger uns am Morgen wecken kam, hatten wir bestenfalls drei Stunden geschlafen.

»Der Sichtschutz arbeitet also wieder?«, vergewisserte sich der Thronwächter erneut.

»Das hab ich doch gerade gesagt, du Geistesriese!«, gab Asmoduin patzig zurück.

»Es heißt Reifriese«, stellte Børger ungerührt fest. *»Was geschieht in ein paar tausend Jahren? Wird der Generator dann erneut versagen?«*

»Tsunami und Wolkenbruch! Falls das je geschieht, ruft ihr mich eben kurz an. Dann komme ich rauf und reaktiviere das Mistding wieder.« Der kleine Teufel grinste boshaft. »Falls das dann noch notwendig ist … Sofern sich meine Verwandten nicht allzu ungeschickt anstellen, müsste es in ein paar tausend Jahren ohnehin keine Sterblichen mehr geben, die euch auf den Keks gehen könnten.«

»Zunächst mal werden wir die Menschheit aber retten«, erinnerte ich ihn. »Ebenso wie dein Volk. Auch wenn es mir manchmal *echt* unsympathisch ist.«

»Ein gutes Stichwort, Schwabbel!« Asmoduin zog den Reißverschluss seines Parkas hoch und drängte sich an den Reifriesen vorbei. »Wenn ihr uns entschuldigen würdet? Wir müssen jetzt mal fix die Welt retten.«

Ohne Widerspruch brachten Børger und seine Männer uns zur Eingangshalle der Festung. Dort hatte eine Gruppe Reifriesen soeben die Reparaturarbeiten an der Pforte beendet, die Asmoduin am Vortag aufgesprengt hatte. Als wir uns näherten, kam einer herbei, salutierte vor Børger und erklärte, die Tür sei instand gesetzt, die Festung außerdem von außen wieder vollständig unsichtbar. Ich atmete auf – niemand war auf die Idee gekommen, den Ausfall des Generators *vor* Asmoduins angeblicher Reparatur zu überprüfen.

Wir verabschiedeten uns von den Bewohnern Jotünheims. Kaum waren wir durch das Tor ins Freie getreten, als die reparierte Pforte auch schon mit einem hallenden Schlag ins Schloss fiel.

Ich drehte mich um. Hinter mir ragte lediglich die moosbewachsene Flanke eines Berges in die Höhe, genau wie es sein sollte.

»Das war das reinste Kinderspiel«, erklärte Asmoduin und marschierte mit ausgreifenden Schritten los. Zara und ich verkniffen uns einen Kommentar und folgten ihm.

Als wir weit genug von der Festung entfernt waren, ungefähr in der Mitte des runden Talkessels, begann der kleine Teufel, in den Taschen seines Parkas zu kramen. Nach kurzer Suche förderte er die Schriftrolle sowie ein kleines Gerät zutage, das aussah wie ein unförmiger Kugelschreiber aus Metall. Ich erkannte es sofort: Es war der transdimensionale Retournierer, mit dem Asmoduin die Teleportation zur Oberwelt mittels eines einzigen Knopfdrucks rückgängig machen und sich körperlos zurück nach Hel abstrahlen lassen konnte.

Er hielt an. »Schwabbel? Cousine von Schwabbel? Ihr werdet verstehen, dass ich nicht länger bleiben kann. Ich muss zurück nach

Flammburg und diesen komischen Spruch aufsagen, bevor sich noch mehr von meiner Heimat in einen Eisklotz verwandelt.«

Zara stemmte die Hände in die Hüften. »Du willst dich verdrücken? Ohne ein Wort des Dankes?«

Asmoduin senkte den Blick und starrte verlegen auf seine Fußspitzen. »Na ja, ich … Also gut, von mir aus: Ihr wart in dieser Angelegenheit zur Abwechslung mal nicht *völlig* nutzlos. Ich, äh … ich danke euch, dass ihr mitgemacht habt und mir das Erringen des Gegenzaubers ein wenig erleichtert habt.«

Ich seufzte. Ein Teufel blieb ein Teufel. Eine euphorischere Dankesrede würden wir aus Asmoduins Mund wahrscheinlich nie zu hören bekommen.

»Keine Ursache«, erwiderte ich matt. »Es war uns ein Vergnügen.«

»Sag ich doch!« Der Höllenspross hob den Retournierstift und schenkte uns ein zahnreiches Grinsen. »Dann darf ich mich jetzt verabschieden. Möglicherweise begegnen wir uns mal wieder, man weiß ja nie …«

»Moment!« Ich hob eine Hand. »*Du* kannst mit deinem Drückedings ohne Probleme in deine Heimat zurückkehren. Aber was wird aus Zara und mir? Wie sollen *wir* nach Hause kommen? Wir sind mitten im Gebirge, Hunderte Kilometer von der nächsten Siedlung entfernt. Und unser Führer dürfte sich kaum die Nacht hier um die Ohren geschlagen haben, nachdem wir gestern einfach spurlos verschwunden sind. Wie sollen wir zurück in die Zivilisation kommen?«

Asmoduin schüttelte ungeduldig den Kopf. »So was Unselbstständiges wie du würde in Hel keine sechs Sekunden überleben, Schwab-

bel.« Er deutete über meine Schulter hinweg zu dem Pass, über den wir das Tal am Vortag betreten hatten. »Manchmal frage ich mich, was du ohne mich anstellen würdest.«

Ich folgte seinem ausgestreckten Arm mit dem Blick.

Mein Herz machte einen Freudensprung! In dem Einschnitt zwischen den Berggipfeln waren die Umrisse mehrerer Gestalten zu erkennen, die den Pass soeben von der anderen Seite überwanden. Eine davon wirkte trotz der großen Entfernung etwas weniger winzig, es musste sich um einen Hünen von beachtlicher Größe handeln. Im Stechschritt eilte er den anderen voraus, den Steilhang hinab.

»Yngvi«, stieß ich erleichtert hervor. »Er muss ein Rettungsteam organisiert haben, nachdem er uns nicht mehr finden konnte.« Ich wandte mich wieder an Asmoduin. »Okay, dann mach dich vom Acker, bevor deine Leute noch auf den Gedanken kommen, in die Oberwelt umzusiedeln.«

»Augenblick!« Zara musterte den kleinen Teufel mit einem skeptisch zugekniffenen Auge. »Weißt du noch, was du zu tun hast, sobald du zurück in Hel bist?«

»Hirnfäule und Epilepsie! Hältst du mich für einen Volltrottel?« Asmoduin schwenkte das aufgerollte Pergament. »Ich lese die Worte vor, die die Pelzsäcke zwischen den Runen auf dieses Blatt gekritzelt haben.«

»Vergiss nicht, dass du dich dabei unmittelbar an der Grenze des Bereichs befinden musst, der vom Frostzauber befallen ist«, erinnerte ich ihn an etwas, das uns die Weisen während des Festmahls mit auf den Weg gegeben hatten.

»Im Gegensatz zu dir habe ich einen Intelligenzquotienten, der den dieses Felsbrockens deutlich übersteigt, Schwabbel!« Er deutete auf einen Findling von der Größe eines Autos ganz in unserer Nähe.

Zara schien diesbezüglich gewisse Zweifel zu haben. »Außerdem musst du während des Vorlesens den Ring am Finger tragen«, fügte sie hinzu.

»Ring?« Asmoduin legte fragend den Kopf schief.

»*Diesen* Ring.« Dankbar, dass meine Cousine daran gedacht hatte, griff ich in meine Jackentasche und zog das silberne Schmuckstück hervor, das ich am vorigen Abend sicherheitshalber in Verwahrung genommen hatte.

»Ach, *den* Ring meinst du.« Der Höllenspross machte ein überhebliches Gesicht. »Den hatte ich natürlich auf dem Radar, was denkt ihr denn? Her damit!« Er riss mir das Artefakt aus der Hand.

»Sicherheitshalber werde ich mir den Klunker jetzt schon anstecken. Damit ich es später, im Eifer des Gefechts, nicht verg-… AAAAHHHH!«

Asmoduin sprang in die Luft wie von einer Tarantel gestochen. Der Ring entglitt seinen Fingern und fiel zu Boden. Ungläubig starrte er erst seine Hand an, dann das Schmuckstück vor seinen Füßen. »Seuche und Serienmord«, keuchte er atemlos.

»Was ist?«, erkundigte ich mich und hob den Ring wieder auf.

Der Höllenspross sah mir ungläubig zu. »Merkst du es denn nicht?«

Ich verstand nur Sackbahnhof. »Merken? Was soll ich merken?«

»Na, die abartige Kälte, die von dem Metall ausgeht! Das Ding ist so eisig, dass es einem glatt die Haut verbrennt.« Zum Beweis streckte er mir seine Rechte entgegen, auf der der Ring innerhalb eines

Sekundenbruchteils eine runde, bläulichschwarze Verfärbung hinterlassen hatte.

»Ich spüre nichts.« Verwundert drehte ich den Ring zwischen den Fingerspitzen. »Ein ganz normaler Silberring.«

»Gib mal her.« Zara untersuchte das Artefakt. Dann hielt sie es Asmoduin hin. »Steck ihn an den Finger, Asi.«

Der kleine Teufel zögerte, dann ergriff er den Ring und schob ihn mit einer raschen Bewegung über seinen linken Mittelfinger.

Einen Sekundenbruchteil darauf begann er zu heulen wie eine Sirene. Überrascht beobachtete ich, wie schwärzliche Rauchkringel von seiner Hand aufstiegen.

Hektisch zerrte der kleine Teufel an dem Schmuckstück. Doch auch die Fingerspitzen seiner anderen Hand begannen beim Kontakt mit dem Metall augenblicklich zu qualmen. Asmoduins Schreie wurden schriller und lauter, panisch hüpfte er von einem Fuß auf den anderen.

Geistesgegenwärtig trat Zara vor und zog ihm den Ring ab.

»Milbenbrut und Leichengift! Das hat vielleicht *weh*getan, verdammt!« Mit verzerrtem Gesicht pustete Asmoduin seine Finger an. Um den Ansatz des Mittelfingers hatte sich die Haut dunkel verfärbt.

»Hmm.« Nachdenklich betrachtete Zara den Ring erneut. »Offenbar verträgt sich die im Ring gespeicherte Magie nicht mit deiner hel'schen Abstammung«, vermutete sie. »Bob und ich können ihn berühren, ohne dass etwas passiert.«

»Diese mistigen Pelzsäcke haben uns reingelegt«, zischte der Höllenspross hasserfüllt. »Sie haben irgendwie gemerkt, dass wir sie verarscht haben, und haben uns kurzerhand zurückverarscht!«

»Ich glaube nicht, dass die Reifriesen gewusst haben, wie schlecht sich Bewohner der Hölle und Odins Magie vertragen«, widersprach Zara. »Woher sollten sie?«

Ich schüttelte ebenfalls den Kopf. »Es fiel ihnen viel zu schwer, sich von dem Ding zu trennen. Sie hätten es nie hergegeben, nur um uns eins auszuwischen.«

»Ist auch völlig schnurz, bei Luzifers nagelspitz gefeilten Fußnägeln«, greinte Asmoduin. »Viel wichtiger ist, was wir jetzt machen. Kein Bewohner Hels könnte dieses Mörderding lange genug am Finger behalten, bis er die komplette Zauberformel runtergebetet hätte. Nicht mal Urururopi persönlich!«

»Das ist allerdings ein Problem.« Zara reichte mir den Ring und warf einen hastigen Blick über die Schulter.

Yngvi und seine Begleiter hatten uns entdeckt und bereits die Hälfte der Entfernung zu uns zurückgelegt. Ohne Asmoduins reaktivierten Sichtschutz hätten sie ihn spätestens jetzt gesehen. In wenigen Minuten würden sie bei uns sein.

»Mir will auf die Schnelle keine praktikable Lösung einfallen«, gestand Zara.

»Aber mir!« Asmoduin schob sich dicht an mich heran. »Wenn kein Teufel den dämlichen Ring tragen kann, muss ihn eben ein Sterblicher anziehen und den Spruch runterbeten.« Er stupste mich mit einem ausgestreckten Zeigefinger vor die Brust. »Und dieser Sterbliche wirst *du* sein, Schwabbel!«

Für einen Augenblick fehlten mir die Worte. »*Ich* soll mit dir in die Hölle kommen?«, stieß ich dann hervor. »Spinnst du jetzt total? Hast du vergessen, dass in deiner Heimat über fünftausend Grad herr-

schen? Ich wäre verdampft, bevor ich auch nur eine Zeile der Zauberformel vortragen könnte!«

Asmoduin schüttelte den Kopf. »Nicht, wenn ich den transdimensionalen Retournierer so einstelle, dass er uns exakt am Rand des vereisten Sektors absetzt. Im Grenzgebiet herrschen Temperaturen, die denen hier oben ziemlich nahe kommen. Ein paar Dutzend Grad mehr oder weniger …«

Ich verschränkte die Arme vor der Brust. »So werden wir es ganz bestimmt *nicht* machen! Ich komme nicht mit dir an den menschenfeindlichsten Ort der Erde, dessen Bewohner nur einen einzigen Daseinszweck verfolgen: Leute wie mich auf möglichst qualvolle Art und Weise umzubringen.« Ich reckte trotzig das Kinn. »Tut mir leid, aber das kannst du vergessen.«

Asmoduin sah mich ausdruckslos an. »Dann ist die Welt im Arsch, Schwabbel.«

Ich starrte demonstrativ in eine andere Richtung. »Es *muss* einen anderen Weg geben«, beharrte ich. »Einen, bei dem ich nicht mit meinem Leben dafür bezahlen muss, dass die Erde weiterexistieren kann.«

»Barna! Yngvi!«, drang da ein kehliger Ruf an unsere Ohren. Unser Führer und seine Begleiter, fünf Männer mit dicken Rucksäcken und Erste-Hilfe-Koffern, waren bis auf wenige hundert Meter herangekommen.

Zara hob die Arme und lief ihnen winkend entgegen. »Ich verschaffe euch ein paar Minuten Zeit«, rief sie uns über die Schulter zu.

»Wir brauchen keine paar Minuten« stellte ich klar. »Nachher, in der Pension, können wir in Ruhe einen Plan ausarbeiten, wie wir die

Welt ohne den Verlust von Menschenleben retten können. Ich bin sicher, wenn wir alle Optionen sorgfältig abwägen, werden wir über kurz oder lang eine Lösung …«

»Dafür haben wir keine Zeit mehr!« Asmoduin hatte die eckige Uhr aus seinem Parka geholt und hielt sie mir vor die Nase. Der leuchtende Zeiger war nur noch Millimeter von der Zwölf-Uhr-Stellung entfernt.

Plötzlich spürte ich, wie der Höllenspross mir die Schriftrolle unter den Arm schob und meine Hand ergriff. »Glaub mir, Schwabbel: Was jetzt kommt, tue ich wirklich nicht gerne. Aber ich kann nicht zulassen, dass meine Heimat wegen deiner Dickköpfigkeit vor die Hunde geht.«

Aus dem Augenwinkel sah ich seine Linke in die Höhe zucken. Zu spät erkannte ich den transdimensionalen Retournierer – und Asmoduins Daumen, der auf dem Schalter am hinteren Ende lag!

»Wenn du *das* tust …«, brachte ich noch heraus.

Dann drückte er aufs Knöpfchen.

KAPITEL 12
in dem es heiß hergeht und um ein Haar jemand kalt gemacht wird

Bevor ich noch richtig begriff, was geschah, wurde alles anders. Ein grelles Aufflackern blendete mich, meine Trommelfelle knackten wie beim Landeanflug eines Flugzeugs. Für den Bruchteil einer Sekunde verlor ich den Boden unter den Füßen, dann war er plötzlich wieder da. Taumelnd versuchte ich, mein Gleichgewicht zu halten. Ich blinzelte, versuchte irgendetwas zu erkennen.

Nur langsam kehrte mein Sehvermögen zurück. Das Bild, das sich mir bot, war umso unglaublicher.

Das Tal um mich herum war verschwunden, ebenso die Berge. Sogar der strahlend blaue Himmel über mir war fort. Stattdessen umgab mich dumpfes, sonderbar flackerndes Zwielicht.

Ich stand in der Mitte einer schwarzen Asphaltbahn, möglicherweise einer Art Straße. Zu meiner Rechten erkannte ich einen weitläufigen, schattigen Park. Umgeben von einem hohen Stacheldrahtzaun wucherte dort ein wahrer Urwald fremdartiger Gewächse. Sämtliche Bäume und Pflanze waren tiefschwarz und sahen verschmort aus, wie aus Kohle geschnitzt.

Dahinter erhob sich ein kolossaler Palast. Unzählige Türme und Zinnen wuchsen wie Hälse eines vielköpfigen Drachen aus einem formlosen, schwarzen Hauptgebäude, groß wie ein ganzer Häuserblock. Schwarze Banner leckten wie Zungen von den

Zinnen, schwarze Fensterhöhlen starrten wie Augen auf die Straße herab.

Als die letzten Auswirkungen des Lichtblitzes verebbten, konnte ich mehr Einzelheiten ausmachen. Sowohl der Palast als auch die monströsen Pflanzen des Parks waren nicht wirklich tiefschwarz. Vielmehr waren sie mit einer dünnen, glitzernden Schicht überzogen, die mich an Zuckerguss erinnerte. Auch der Asphalt zu meinen Füßen war damit überkrustet.

Ich schabte mit der Fußspitze daran. Es war Eis.

In meiner Nase prickelte es, als hätte ich den Inhalt eines Pfefferstreuers eingeatmet. Die Luft stank durchdringend nach Schwefel und Fäulnis, jeder Atemzug kostete mich echte Überwindung. Ich bemerkte ein gleichförmiges, dumpfes Dröhnen, das aus dem Boden unter meinen Füßen zu kommen schien. Unvorstellbar große Maschinen mussten dort arbeiten.

Langsam drehte ich mich um.

Kennt ihr das Gefühl, wenn man vor einem lodernden Lagerfeuer steht und das Gesicht den Flammen zuwendet? Wenn einem eine fast greifbare Wand aus Hitze entgegenschlägt?

Genau dasselbe spürte ich jetzt.

Auf der anderen Seite der Straße erhob sich eine himmelhohe Wand aus hässlichen, kastenförmigen Wolkenkratzern. Auch diese Gebäude waren nachtschwarz, viele Dutzend Stockwerke hoch und ohne sichtbaren Zwischenraum aneinandergebaut. Die lückenlose Front erstreckte sich nach beiden Richtungen in die Ferne, so weit ich sehen konnte. Hinter den Gebäuden waren schemenhaft *noch* höhere Gebilde zu erahnen – turmhohe Schlote, die unausgesetzt

zähen schwarzen Qualm ausstießen und damit den Himmel verdunkelten.

Den Himmel?

Ich hob den Kopf.

Das Zwielicht machte es schwer, etwas zu erkennen, zudem schien die Luft über den Wolkenkratzern zu wabern, als herrsche dort eine enorme Hitze. Oberhalb der schwarzen Wolkendecke schien eine gewölbte Decke zu hängen, wie das Dach einer riesigen unterirdischen Höhle. Sie glühte in einem dunklen Orange, und ihre Konturen verschwommen und zerflossen, während ich hinsah … wie glutflüssiges Magma.

Obwohl mir beinahe klar gewesen war, wo ich mich befinden musste, schauderte es mich angesichts dieses letzten, unumstößlichen Beweises. Dies war Hel, die Heimat Asmoduins.

Ich war in der Hölle!

»Paranoia und Krätze! Nun mach schon hin!«

Erschrocken wirbelte ich herum. Kaum ein Dutzend Schritte entfernt, auf einer Art Gehsteig vor der endlosen Wand aus Wolkenkratzern, hüpfte eine kleine rote Gestalt auf und ab.

»Wirst du vielleicht endlich den blöden Spruch verlesen, Schwabbel?«

Asmoduin! Erleichtert, in dieser fremdartigen Umgebung ein vertrautes Gesicht zu sehen, machte ich einen Schritt auf den kleinen Teufel zu.

Ein Fehler.

Von einer auf die andere Sekunde fühlte sich mein Gesicht an, als hätte ich es auf eine eingeschaltete Herdplatte gelegt. Meine Haut prickelte und brannte wie bei einem schlimmen Sonnenbrand. Ein ekelhafter Gestank nach verbranntem Haar überdeckte kurz den allgegenwärtigen Schwefelmief, dann rieselten feine Flöckchen grauer Asche vor meinen Augen herab – Überreste meiner Augenbrauen sowie einer vorwitzig nach vorn stehenden Haarsträhne.

»Bleib, wo du bist!«, brüllte Asmoduin. Jetzt erst fiel mir auf, dass sowohl der rote Parka als auch sein Wollschal verschwunden waren. Eine feine graue Ascheschicht bedeckte an ihrer Stelle seinen Körper.

»Wenn du den schmalen Grenzbereich zwischen vereister und normaler Zone verlässt, verglühst du innerhalb von Sekunden. Hier drüben bei mir herrschen schon über zweitausend Grad!«

Erschrocken taumelte ich zurück. Einen knappen Meter hinter mir war die Temperatur wieder erträglich, etwa vergleichbar mit der, die noch Augenblicke zuvor in Norwegen geherrscht hatte. Ein weiterer Schritt rückwärts und ich spürte winterliche Kälte durch den Stoff meiner Jacke dringen.

Verrückt!

Dies war also die Hölle, jener von Legenden umrankte Ort, vor dem sich die Menschheit seit Aufkommen frühester biblischer Schriften ängstigte. Der schreckliche Abgrund, der in allen großen Religionen eine Rolle spielte und von dem unzählige Generationen gefürchtet hatten, dass ihre Sünden sie nach dem Tod hierherbrächten …

Ich stellte fest, dass ich ein bisschen enttäuscht war. Klar, der schwarze Palast war beeindruckend, wie die Kulisse eines Hollywood-Gruselfilms. Die Häuserfront auf der anderen Straßenseite

hätte dagegen auch aus irgendeiner Großstadt auf der Oberfläche stammen können, die Industrieschlote im Hintergrund ebenso.

Instinktiv hielt ich nach Bewohnern dieser fremdartigen Welt Ausschau. Bei Asmoduins erstem Besuch auf der Erde hatte ich einen von ihnen, einen Magmadämon mit Namen Phantasmagorus, näher kennengelernt, als mir lieb war. Er war eine Furcht einflößende Gestalt gewesen, rund drei Meter hoch, mit einem gazellenartig gewundenen Gehörn und riesigen schwarzen Schwingen. Von Asmoduin wusste ich, dass ein ausgewachsener Teufel vom Stamme der Baal einen noch weitaus grässlicheren Anblick bieten musste. Mit einem flauen Gefühl im Magen fragte ich mich, was diese Ungeheuer wohl unternehmen würden, wenn sie merkten, dass ein Oberweltler in ihre Welt hineingeplatzt war – direkt neben dem Regierungssitz ihres amtierenden Herrschers?

Doch die breite Straße war ebenso verwaist wie die Häuserzeile und der Park. Offenbar waren vereiste und von der Vereisung bedrohte Bereiche großflächig geräumt worden.

Anstelle von Teufeln entdeckte ich jedoch etwas anderes.

Ein paar Schritte weiter zweigte eine Seitenstraße von der breiten Fahrbahn ab. Ein schwarzer Metallmast an der Ecke wies die Namen der Straßen aus.

Auf den Schildern standen ausschließlich Zahlen, arithmetische Gleichungen mit etlichen Unbekannten.

Ich stutzte. Dann kam mir etwas in den Sinn, das Asmoduin vor langer Zeit einmal zu mir gesagt hatte: Die Amtssprache der Hölle war die Mathematik! Schlagartig dämmerte mir, wie das System funktionieren musste: Die Zwischenschritte auf dem Weg zur

Lösung der Gleichung ergaben Zahlenwerte, die der Stellung bestimmter Buchstaben im Alphabet entsprachen. Mit einem Mal fiel es mir überhaupt nicht mehr schwer, die Schilder zu entziffern: AGONIENALLEE hieß die breite Straße, TORTURENGASSE die kreuzende.

Ein Stück weiter stand eine Litfaßsäule, beklebt mit grellbunten Werbeplakaten. Auch ihre Beschriftung war vollständig in Zahlen, Potenzen und Rechensymbolen gehalten. MURKSERS DREIZACKE SIND DIE SPITZESTEN!, las ich, nachdem ich die notwendigen Zwischenschritte im Kopf ausgerechnet hatte. PROBIEREN SIE EBLISSIAKS NEUE KNOCHENMÜHLE! FEINERES KNOCHENMEHL WARD NIE GEMAHLEN, versprach ein anderes Plakat.

Es überraschte mich selbst, wie leicht es mir fiel, die vertrackten Codes zu knacken. Den Text des letzten Plakates las ich schon beinahe so flüssig, als wäre er in normalen Buchstaben geschrieben: ABRAGORS FURIOSER LAVA-PARK: FAHRT DIE RASENDE MAGMARUTSCHE, STEUERT HEISSLUFT-SCHWEBEBOOTE, SCHIESST MIT PANZERFÄUSTEN AUF TÄUSCHEND ECHTE STERBLICHENFIGUREN. FREIER EINTRITT FÜR JUNGTEUFEL UNTER 666!

»Worauf wartest du denn, verdammt?« Mit wedelnden Armen lenkte Asmoduin meine Aufmerksamkeit wieder auf sich. »Auf besseres Wetter? Nur zu deiner Information, Schwabbel: Hier unten *gibt* es kein Wetter. Allein der vermaledeite Frost kriecht immer weiter voran. Seit wir hier sind, hat er sich schon fast einen Meter in meine Richtung geschoben. Also beeil dich und verlies endlich die Zauberformel!«

Pflichtschuldig zog ich die Schriftrolle unter dem Arm hervor und wickelte sie auseinander. Sie war so lang wie zwei DIN-A3-Blät-

ter und mit mehreren Dutzend Zeilen großer Runen bedeckt. Dazwischen war, wie die Reifriesen es versprochen hatten, in normaler Schrift die Aussprache der einzelnen Silben notiert.

»Der Ring, Schwabbel! Vergiss den Ring nicht!«

Ich öffnete meine Faust, in der ich nach wie vor das silberne Schmuckstück hielt, und schob es mir über den Zeigefinger der rechten Hand. Dann räusperte ich mich und begann zögernd, aber mit lauter Stimme, die erste Zeile abzulesen.

Falls ihr schon mal ein Wort auf Altgermanisch gehört habt, könnt ihr euch vielleicht vorstellen, dass es keine leichte Aufgabe ist, eine ganze Zauberformel in dieser Sprache vorzutragen, Transkription hin oder her. Die Worte enthielten aberwitzig viele Ös, Äs und Üs, die meisten klangen in meinen Ohren wie *Smørrebrød, Smørrebrød røm pøm, pøm, pøm*, das Kauderwelsch-Lied, mit dem der dänische Koch der Muppet Show immer die Zuschauer begrüßt. Darüber hinaus tauchten häufig Eigennamen auf, die so lang waren, dass sie ganze Zeilen füllten. Als ich am Ende des ersten Absatzes ankam, drosselte ich vorsichtshalber meine Geschwindigkeit. Die Reifriesen hatten gesagt, die Formel müsse absolut korrekt vorgetragen werden, und ich wollte kein Risiko eingehen.

Ich ließ mir Zeit und gab mir alle Mühe, die fremdartigen Silben richtig zu betonen. Nach dem zweiten Absatz musste ich erneut innehalten und tief Atem holen. Dabei erhaschte ich aus dem Augenwinkel eine Bewegung irgendwo rechts von mir, wo sich der Park und der Palast befanden.

Ein Bewohner Hels? Aus dieser Richtung konnte keiner kommen, dort war es viel zu kalt für jeden Teufel.

Ich konzentrierte mich wieder auf das Pergament. Silbe für Silbe arbeitete ich mich weiter vor, bewältigte auch den folgenden Absatz, ohne dass sich meine Zunge hoffnungslos verknotete.

Als ich das nächste Mal aufsah, erschrak ich. Vom Park her wankte eine Gestalt auf mich zu! Sie war groß wie ein Basketballspieler und mindestens doppelt so breit, ihre Statur wirkte allerdings eher bucklig als athletisch. Das Wesen steckte von Kopf bis Fuß in einer grauen, gummiartigen Montur, die mich an einen Taucheranzug oder die Schutzkleidung eines Astronauten erinnerte. Dicke Wülste schützten die Gelenke, die Hosen gingen ohne Übergang in klobige Stiefel über, und ganz oben saß ein eimerförmiger Helm mit verspiegeltem Visier. Anders als bei einem Taucheranzug verfügte der Helm allerdings auf der Oberseite über ein Paar runder Durchlässe, aus denen zwei armlange, gebogene Hörner ins Freie ragten. Eiskristalle glitzerten auf ihnen, genau wie auf dem Rest der plumpen Montur.

Obwohl ich nicht erkennen konnte, wer sich hinter dem Visier verbarg, war mir klar, dass es sich um einen Teufel handeln musste, der sich mithilfe eines Schutzanzugs irgendwie gegen die tödliche Kälte gewappnet hatte. Doch was hatte er hier verloren?

Der Neuankömmling schleppte ein klobiges Gerät, das mit einem Riemen an seinem Oberkörper befestigt war. Es war ein metallener Kasten voll blinkender Knöpfe und Lämpchen, aus dessen Vorderseite eine meterlange, gewundene Spirale ragte.

Was auch immer das zu bedeuten hatte – ich durfte meinen Vortrag nicht unterbrechen. Niemand wusste, ob der Ring an meinem Finger genug magische Energie für einen zweiten Versuch in sich trug, falls ich es vermasselte. Ich steckte meine Nase wieder in

die Schriftrolle und fuhr fort, Worte hervorzustoßen, die nicht für menschliche Lippen geschaffen schienen.

Als ich am Ende des nächsten Absatzes erneut den Blick hob, war der Teufel im Schutzanzug noch näher gekommen. Ungefähr ein Dutzend Schritte vor mir war er stehen geblieben und fummelte nun an dem mysteriösen Apparat herum. Mein Blick huschte zu Asmoduin hinüber. Er hatte den Fremden ebenfalls erspäht, wirkte durch dessen Auftauchen allerdings keineswegs beunruhigt. Im Gegenteil: Der Höllenspross winkte dem Neuankömmling begeistert mit beiden Armen zu. Ich beschloss, das als gutes Zeichen zu werten. Offenbar drohte mir für den Augenblick keine Gefahr.

Ich las weiter und erreichte mit Hängen und Würgen das letzte Drittel des Textes. Bis jetzt war mir kein nennenswerter Fehler unterlaufen, und ich hoffte inständig, dass das so bleiben würde.

Noch einmal fünf Zeilen, von denen drei aus einer einzigen, unaussprechlich komplizierten Aneinanderreihung von Umlauten und Konsonanten bestanden, dann war es geschafft! Atemlos, mit einer Zunge, die sich anfühlte, als hätte ich sie für einen Wettkampf im Fingerhakeln missbraucht, hob ich den Kopf.

Asmoduin stand stocksteif auf der anderen Seite der Straße und starrte erwartungsvoll in Richtung Palast.

Überrascht stellte ich fest, dass in etlichen der schießschartenartigen Fenster der hässlichen Häuserblöcke schattenhafte Umrisse aufgetaucht waren. Auf den ersten Blick sahen sie beinahe menschlich aus, wenngleich ungewöhnlich groß und massig. Dass es sich nicht um Menschen handelte, belegten die paarweisen spitzen Auswüchse auf ihren Schädeln. Offenbar war dieser Stadtteil doch noch nicht vollständig evakuiert.

Noch während ich hinübersah, hob unvermittelt eine der Gestalten die Hand. Einen Augenblick später schwenkte auch ein Teufel zwei Stockwerke darüber seinen Arm in meine Richtung, dann ein weiterer, ein paar Fenster weiter links.

War es möglich, dass die Teufel mir *zuwinkten?*

Bevor ich mir weiter Gedanken darüber machen konnte, ertönte ganz in der Nähe ein explosionsartiger Knall, gefolgt von einem unangenehmen Zischen. Es kam von irgendwo hinter mir, und es wurde schnell lauter. Nichts Gutes ahnend drehte ich mich um.

Der Palast war verschwunden!

In Wirklichkeit war er natürlich nicht verschwunden, aber zu sehen war er nicht mehr. Eine Wand aus wirbelndem weißem Dampf verbarg das Gebäude vor meinem Blick. Unter ohrenbetäubenden Donnerschlägen schossen überall auf dem Parkgelände weitere Dampfsäulen wie Geysire in die Luft. Einige waren dicker als ein Kirchturm und erreichten eine Höhe von über hundert Metern.

Auf der anderen Straßenseite stieß Asmoduin einen Freudenschrei aus. Jetzt erst begriff ich, was all das zu bedeuten hatte: Die magische Formel hatte gewirkt! Der Frostzauber, der dafür gesorgt hatte, dass die höllische Hitze dem von ihm erschaffenen Eis nichts anhaben konnte, war deaktiviert. Unmassen von Eis verdampften schlagartig, ohne Übergang zu Wasserdampf.

Auch die Teufel in den Fensteröffnungen begannen begeistert, auf- und abzuspringen. Ich wollte ebenfalls erleichtert aufatmen, als mir etwas in den Sinn kam: Wenn sich das ganze Eis auf einen Schlag

verflüchtigte, würde es dort, wo ich stand, nicht länger kalt bleiben!

Der Beweis für meine Befürchtung folgte auf dem Fuß: Die Bäume des Parks neigten sich plötzlich synchron in meine Richtung, als würden sie von einem heftigen Windstoß niedergedrückt. Die infernalische Hitze kehrte aus den umliegenden Stadtteilen zurück – eine Walze aus fünftausend Grad heißer Luft, die mich in wenigen Sekunden erreichen würde!

Panisch fuhr ich herum. Auch Asmoduin hatte die drohende Gefahr bemerkt. Er gestikulierte in Richtung des Teufels mit der rätselhaften Maschine. Der Gehörnte nickte, richtete die Metallspirale auf mich und machte sich an den Bedienelementen zu schaffen.

Im Hintergrund wuchs das Zischen zu ohrenbetäubender Lautstärke an. Die himmelhohe Wand aus Dampf rings um den Palast wurde von der heranrollenden Hitzefront vorwärtsgedrückt, quer über den Park und weiter auf die Straße. Schlagartig konnte ich vor Dunst kaum mehr die Hand vor Augen sehen. Doch mir blieben ohnehin nur noch Sekundenbruchteile, bevor ich verdampfen würde wie Abertausende Tonnen Eis um mich herum.

Durch die weißen Schwaden erkannte ich undeutlich, dass jetzt bläuliche Funken an der Metallspirale der Teufelsmaschine entlangzuckten. Als sie die Spitze erreichte, löste sich mit einem grellen Aufglühen eine knisternde Energieentladung und schoss auf mich zu.

Der Schutzanzug des Teufels blähte sich auf, als peitsche ein Orkan von hinten dagegen. Das Gummimaterial begann zu qualmen und zerbröselte blitzschnell zu schwarzen Aschekrumen.

Ich biss die Zähne zusammen und stellte mich darauf ein, im nächsten Moment zu verglühen wie eine schlecht isolierte Raumkapsel beim Wiedereintritt in die Erdatmosphäre. Ich hoffte inständig, dass ich nicht allzu viel davon spüren würde …

In diesem Moment erreichte mich der Energiestrahl aus der Maschine, und die Welt löste sich in blendend weißes Licht auf.

KAPITEL 13

in dem jemand zurückkehrt und interessante Fragen unbeantwortet bleiben

Im selben Moment, da ich die Augen wieder aufschlug, wusste ich, dass ich nicht mehr in der Hölle sein konnte.

»Gutt? Hvordan har du det? Yngvi!«

Über mir, eingerahmt von blondem Haar, schwebte das Pfannkuchengesicht unseres Bergführers, einen sorgenvollen Ausdruck auf den pferdeartigen Zügen.

»Ah, han har det bra!«

Ich nickte matt, obwohl ich kein Wort verstand. Mühsam wuchtete ich mich auf die Ellenbogen und richtete mich auf.

Ich lag auf dem steinigen Boden des Talkessels, unmittelbar hinter dem Findling, den ich kurz vor meinem Verschwinden gesehen hatte. Ganz in der Nähe standen die Männer des Rettungsteams, das Yngvi mitgebracht hatte. Einer kniete über einem geöffneten Erste-Hilfe-Koffer und zog gerade eine Spritze auf.

Erleichtert ließ ich mich zurücksinken. Ich war tatsächlich zurück in der Oberwelt!

»Und? Hat es funktioniert?« Zara drängte sich an die Seite des Norwegers. »Hat die Zauberformel gewirkt?«

Ich nickte. »Die Vereisung ist gestoppt, die Auswirkungen des Frostzaubers sind rückgängig gemacht.« Ich hielt inne und warf einen vorsichtigen Seitenblick in Richtung unseres Führers. Aber

Yngvi verstand viel zu wenig von unserer Sprache, um zu begreifen, worüber wir sprachen. Als er merkte, dass ich ihn ansah, nickte er fröhlich.

»*Gutt* gesund. Wir gehen *hjem!*«

Der Mann mit der Spritze kam herüber und schob den Ärmel meiner Jacke hoch.

»Ich musste ihnen weismachen, du hättest einen Kreislaufzusammenbruch gehabt«, erklärte Zara, ohne den Sanitäter weiter zu beachten. Offenbar beherrschten die Rettungskräfte unsere Sprache ebenfalls nicht. »Zum Glück bist du auf der abgewandten Seite des Felsbrockens wieder aufgetaucht. Andernfalls wäre ich vermutlich in Erklärungsnot gekommen.«

Ich nahm den Einstich mit zusammengebissenen Zähnen hin. Eine kleine Kräftigung konnte nicht schaden, immerhin hatte ich einen Ausflug in die Hölle hinter mir. Der Mann entfernte sich, und ich berichtete Zara in knappen Sätzen, was sich in Hel ereignet hatte.

Als ich fertig war, starrte sie mich mit großen Augen an. »Heiliger Swarovski! Da hat Bob Zarkoff also wirklich und wahrhaftig die Welt gerettet … und kein Mensch wird je davon erfahren.«

Daran hatte ich noch gar nicht gedacht. Zara hatte recht: Ich *hatte* die Welt gerettet – aber da hier oben niemand etwas von der Existenz Hels ahnte, würde ich niemandem je davon erzählen können, ohne ausgelacht oder in die Klapsmühle gesteckt zu werden.

Zu blöd.

»Das Ding, das dieser Fremde auf dich abgefeuert hat, war also eine Art Teleportstrahl?«, wollte Zara wissen.

Ich nickte. »Der Teufel im Schutzanzug muss Asmoduins Onkel gewesen sein. Nur ein genialer Erfinder wie Dr. Beelzeburgh könnte ein Gerät entwickeln, das mich bis auf ein paar Meter genau an den Ort zurückzubeamen vermag, von dem mich Asmoduin zuvor entführt hatte.« Ich dachte kurz nach. »Möglicherweise hat er vorausgeahnt, dass es notwendig sein würde, Asmoduins Helfer nach getaner Arbeit zurück zur Oberwelt zu versetzen …«

Zara hob zweifelnd die Brauen. »Aber warum sollte er dich retten wollen?«

»Was weiß ich? Aus Dankbarkeit vielleicht?«

»Wo das Volk der Teufel die Menschheit hasst wie die Pest? Was sollte es Doktor Beelzeburgh kümmern, ob du lebst oder verdampfst?«

Darauf wusste ich keine Antwort.

Die Rettungsmannschaft packte ihre Siebensachen zusammen und machte Anstalten aufzubrechen. Für den mehrere Kilometer langen Rückweg wollten die Männer mich auf eine faltbare Trage legen, die sie mitgebracht hatten, aber das lehnte ich ab. Ich war zur Hölle und wieder zurück gereist, da konnte mich die Aussicht auf einen strammen Fußmarsch nicht mehr schrecken.

Eineinhalb Stunden später saßen Zara und ich auf der Rückbank von Yngvis Jeep und schaukelten unserer Pension entgegen. Zara quetschte unnachgiebig alle weiteren Details meines Abstechers nach Hel aus mir heraus. Als ich die mit mathematischen Formeln beschrifteten Verkehrsschilder und Werbetafeln erwähnte, stutzte sie.

»Du konntest diese Schilder *lesen?*«

Ich nickte stolz. »Das erste Mal, dass es sich außerhalb der Schule gelohnt hat, Klassenbester in Mathe zu sein.«

Zara runzelte die Stirn. »Du bist also der Meinung, du hättest diese Gleichungen ohne Taschenrechner und Notizblock gelöst, nur weil du gut in Mathe bist?«

»Na ja, immerhin helfe ich manchmal sogar Mr Palmentari im Matheunterricht, wenn er sich in einer Rechenaufgabe verheddert.«

»Und es kommt dir gar nicht komisch vor, dass diese gehörnten Gestalten in den Fenstern dich gegrüßt haben?«, hakte Zara nach.

»Das könnte auch ...«

»So als würden sie dich irgendwoher kennen?«

Ich sah sie verdattert an. »Was willst du damit sagen?«

Sie zuckte mit den Schultern. »Keine Ahnung. Ich finde es nur ein bisschen sonderbar, dass die Bewohner Hels dich so auffallend freundlich behandelt und dir sogar das Leben gerettet haben, wo doch ihr alleiniger Daseinszweck eigentlich darin besteht, uns Menschen zu vernichten.«

Während wir weiter durch die karge Wildnis des Jotunheimen-Gebirges dahinholperten, dachte ich über Zaras Worte nach. Doch ich kam zu keinem befriedigenden Ergebnis. Im Gegenteil, je länger ich grübelte, desto mehr wuchs meine Verwirrung.

Was hatte es zu bedeuten, dass ich die Amtssprache der Hölle beinahe fließend beherrschte? Hatte es überhaupt etwas zu bedeuten? Und wieso hatten mich die Bewohner der Unterwelt behandelt wie einen der ihren, anstatt mir alle Glieder einzeln auszureißen?

Ich ahnte, dass ich diese Punkte bis auf Weiteres nicht würde klä-

ren können. Ich musste mich damit begnügen, die Welt gerettet zu haben. Für den Anfang auch nicht schlecht.

Ich nahm mir jedoch vor, Asmoduin bei nächster Gelegenheit eingehend zu alldem zu befragen. Denn dass der kleine Teufel und ich uns wiedersehen würden, daran hatte ich keinen Zweifel …

Jens Schumacher
Asmoduin
Nervensäge aus der Hölle

176 Seiten
Hardcover
ISBN 978-3-8000-5718-4

ebook **Auch als E-Book erhältlich!**

Grüße aus der Hölle!

Verdammt! Hätte Mathe-Ass Bob bloß die mysteriöse Zahlenfolge auf der alten Holzmaske nicht enträtselt. Denn nun hat er Besuch aus der Hölle am Hals: Asmoduin, seines Zeichens Jungteufel und eine Nervensäge, wie sie im Buche steht. Als der für hochnotpeinliche Zwischenfälle sorgt und dann auch noch Bobs Schokoladenvorrat plündert, steht fest: Bannspruch hin, dämonische Gefahren her – Asmoduin muss zurück! Doch dem Teufelsspross scheint es in der Oberwelt ausgesprochen gut zu gefallen ...

www.ueberreuter.de
www.facebook.com/UeberreuterBerlin

Jens Schumacher
Asmoduin
Die Nervensäge kehrt zurück

160 Seiten
Hardcover
ISBN 978-3-7641-5019-8

ebook **Auch als E-Book erhältlich!**

Noch mehr Schokoriegel!

Seit der kleine Jungteufel Asmoduin dem übergewichtigen Außenseiter Bob einen Besuch auf der Erde abgestattet hat, sind mittlerweile zwei Monate vergangen. Und weil in der Hölle gerade Ferien sind, lässt Asmoduin nicht lange auf sich warten und taucht feist grinsend wieder bei Bob auf. Sogleich schrumpfen Bobs Schokoladenvorräte erneut rapide. Das ist aber nicht sein einziges Problem. Der fiese Belchior – ebenfalls teuflischer Zeitgenosse – hat sich an Asmoduins Fersen geheftet und macht nun die Welt unsicher. Eines ist klar: Belchior muss ganz schnell wieder zurück in die Hölle!

www.ueberreuter.de
www.facebook.com/UeberreuterBerlin